Met onbekende bestemming

Maya Rasker

•

Met onbekende bestemming

2002 Prometheus Amsterdam

Voor mijn dochters, Felix en Akke

Eerste druk 2000
Derde druk 2002

© 2000 Maya Rasker
Omslagontwerp Mariska Cock
Omslagillustratie Imagestore/Photonica
Foto achterplat Ruud de Jong
ISBN 90 5333 934 5

Als met water zelf, met de gedachte
spelen dat je ooit en eindelijk
zult weten wat het is.

Het is regen geweest, een rivier, een zee,
hier was het, hier heb ik het gezien

en zie ik water en weet niet wat het is.

RUTGER KOPLAND

Inhoud

●

Proloog

•

In het besef dat mijn taal onmachtig is om te beschrijven wat er is gebeurd in de zeven jaren dat ik haar heb gekend ben ik verplicht, hoe ontoereikend ook, het verhaal te vertellen van mijn vrouw, de mooie Raya Mira Salomon, verdwenen in de nacht van 31 augustus 1997, de zesde verjaardag van onze dochter, op de leeftijd van 37 jaar.

Zij liet mij een koffer na met papieren: een fotoalbum, ansichtkaarten uit haar kinderjaren, brieven, flarden van gedachten neergeschreven op een willekeurig stuk papier. Een jaar na haar verdwijning opende ik de koffer om haar te kunnen begraven. Ze was spoorloos gebleven en ik, haar man, wilde een aanvang maken met het afscheid om me die nieuwe status toe te eigenen van weduwnaar. De weduwnaar van Raya Mira Salomon.

Maar net zomin als zij dood was, bleek zij bereid te zwijgen. Het openen van haar koffer bracht mij niet het afscheid waarop ik hoopte: opnieuw maakte ik kennis met de vrouw met wie ik zeven jaren leefde, opnieuw beloofde ik haar trouw tot de dood ons scheiden zou. Wat bedoeld was als verlossing werd een verbond: sterker dan de dood, intenser dan de liefde, onverbiddelijker dan de trouw.

Met het deksel van de koffer in de hand stierf in mij de weduwnaar en trouwde ik ten tweeden male met de mooie, ondoorgrondelijke Raya Mira Salomon.

•

Denken

1

•

Raya Mira Salomon verdween op de avond van 31 augustus 1997 volgens beproefd recept: ze ging uit om een pakje sigaretten te kopen in het café op de hoek en kwam niet meer terug.

Achteraf verbaast het me niet dat ze zo verdween. Ze kon, nogal halsstarrig, heel cliché zijn: zo meende ze dat Omo witter wast omdat Omo naar het huis van haar grootmoeder rook, en had ze een hekel aan Franse auto's. In haar clichés was ze onwrikbaar, ze noemde het dan ook geen cliché maar principe – waarmee ze haar moreel gelijk zeker stelde, ook als er geen sprake was van 'gelijk' of 'ongelijk', maar slechts van voorkeur.

Ik heb me vaak afgevraagd of ze geen eleganter manier had kunnen bedenken om weg te gaan: een stil verdwijnen na een lange strandwandeling, een eenzame voettocht in de bergen waarbij ieder spoor lijkt gewist – in ieder geval iets minder banaals dan een pakje sigaretten – of dat dit verdwijnen voor haar even triviaal was als de aanschaf van een pak Omo, iets zo onbeduidend dat je het gedachteloos doet.

De barman heeft haar nog gezien, ze had bij hem sigaretten gekocht en dronk nadien een whisky aan de bar. Het was een rustige avond. Het regende hevig en aangezien het café het vooral van passanten moet hebben, bleef die avond de clientèle uit. De man wist te vertellen dat ze haar lippen stiftte voordat ze weer naar buiten ging, maar had verder niets bijzonders opgemerkt.

Ook ik had die dag geen vermoeden van wat komen ging. Zoals ieder jaar vierden we de verjaardag van onze dochter met een fles uit haar geboortejaar. 1991 was een uitstekend wijnjaar, zeker voor de rioja's, en met het verstrijken van de tijd worden deze er alleen maar beter op. Ik had een Clos Abadia Raimat geopend die, ondanks zijn relatief jonge leeftijd, veel zuurstof nodig heeft om op dronk te komen. In de namiddag hebben we de fles ontkurkt, daarna een whisky gedronken om zelf op spraak te komen. Raya Mira was een zwijgzame vrouw. Zelfs tijdens haar zwangerschap dronk ze stug door omdat ze, zoals ze zei, geen zin had om negen maanden lang te zwijgen.

Het was voor ons dus niet ongebruikelijk om alvast een glas whisky te drinken, we zaten op de veranda in de beschutting van het overhangende balkon en het regende zoals het alleen op een warme nazomerdag kan regenen. Tussen onze glazen stond de wijn de ozon in te nemen. We keken zwijgend hoe de stekken van de rododendron leken te bezwijken onder de druk van de regenval; naar het water uit de lekkende regenpijp dat een put in de aarde sloeg.

Raya schonk zichzelf een tweede glas whisky in. Ook dat was niet ongebruikelijk. Ze was zeer beheerst in haar onmatigheid, soms één, soms twee glazen te veel, nooit tot aan de rand van dronkenschap, en zelden met het doel iets belangrijks mee te delen.

'De rododendron verzuipt,' zei ze toen het regenen was gestopt.

In de stilte na de hevige regenbui luisterden we naar het tikken van de druppels en keken naar de fragiele plantjes die tot aan hun voorlaatste blaadje in het water stonden.

De tuin was nooit mijn idee geweest, ik houd niet van tuinieren. Raya heb ik evenmin kunnen betrappen op een grote liefde voor het plantenonderhoud. Zij gooide de bloemen die ik voor haar meebracht achteloos in de prullenbak zodra de blaadjes gingen hangen, zonder te overwegen het water te verversen of het steeltje nogmaals af te snijden. Toch was zij degene die plotseling hemel en aarde bewoog om dit stukje tuin te bemachtigen, al betekende het dat we flink wat vierkante meters moesten inleveren: zij haar duinhuis, ik mijn bovenwoning in de binnenstad. Maar het was niet om de tuin te doen, zo begreep ik later, en zelfs niet om het kind dat ze toen al heimelijk droeg. We woonden nog geen etmaal in ons nieuwe huis toen ik Raya, in de herfstkou van die oktoberochtend, op de veranda zag zitten, haar handen om een kop koffie geklemd en haar blik op oneindig.

Plichtsgetrouw plantte ze later de rododendron die ze van haar moeder had gekregen en stekte ieder jaar obsessief de nakomelingen, omdat ze wist hoe groot het sterftepercentage onder haar handen was. In de nazomer zei ze dan: 'De rododendron verzuipt,' in de winter: 'De rododendron bevriest,' en in de zomer: 'De rododendron verdroogt.' En zat, de seizoenen rond, iedere ochtend om kwart over zes op de veranda voorbij de rododendrons te staren in het niets.

Waarheen verdwijn je als je zo mooi bent als Raya Mira Salomon op die avond in augustus? Haar lippen als altijd geverfd, haar nagels roodgelakt, haar haren opgestoken met één enkele speld. Hoewel het drukkend warm was droeg ze een leren broek, met blote voeten – dat wel –, de teennagels gelakt als om die voeten nog enig decorum mee te geven. Raya achtte haar lichaam hoog, weinig aan haar verried dat ze een kind had gedragen. Een klein, elegant onderbuikje dat zich niet meer in de plooi liet krijgen droeg ze als trofee van het moederschap, net als de kraaienpoten rond haar ogen en het paar dozijn grijze haren.

Het heeft even geduurd voordat ik me voor de geest kon halen wat ze die avond verder droeg, daartoe moest ik haar klerenkast nauwgezet doorlopen om te zien welk kledingstuk miste. Het hinderde me niet, deze omissie in mijn geheugen, maar de rechercheurs achtten de informatie noodzakelijk voor een accuraat opsporingsbericht. Ook daarvan ontging me het belang, op dat moment. Ze moet het zijden jasje gedragen hebben dat ik haar ooit met Kerstmis had gegeven, en de bustier die ze voor een paar tientjes bij de Hema had gekocht.

Raya kocht graag bij de Hema, dat was net zoiets als Omo, een overtuiging die maar niet wilde slijten.

Ik schonk de wijnglazen in en liep naar de keuken om brood te snijden. Het tikken van de regenpijp versnelde tot een zacht ratelen.

'Ik ga even sigaretten halen,' zei ze, en ze schoot in de sandalen die bij de keukendeur stonden.

Dat is het laatste beeld dat ik van haar heb: tien rode teennagels in open schoentjes op de mat bij de keukendeur.

'Het gaat weer regenen!' riep ik nog, maar ze was al weg.

Waarheen ga je met gelakte nagels in open schoenen en in een leren broek die geen regen kan verdragen? Het café is een paar honderd meter verderop, ze zal misschien gerend hebben om de regenbui voor te zijn, toch was ze al nat toen ze het café betrad. De barman gaf haar een theedoek om het gezicht te drogen, dat wist hij nog, er zat wat lipstick op.

In de weken na haar verdwijning doken telkens in mijn dromen die voeten op. Kokette teennagels die als bloemen opschoten uit de aarde waarin de moordenaar haar had begraven. Rode vlekken tussen het kroos van de sloot waarin ze was gelopen. Losgerukte tenen, rood afstekend tegen de grijze kiezels van een spoorlijn.

Later doken ze ook op gedurende de dag: haar teennagels lagen op de markt tussen de frambozen, staken uit de tulpen van de bloemenman, waren het piment in de olijven.

Ik weet nog dat de wijn uitzonderlijk was. Ik had op haar gewacht om samen het glas te heffen. Dat moment hebben we altijd gekoesterd: het eten van brood, het drinken van wijn, het bestendigen van een verbond ter ere van onze jarige dochter.

Ik wachtte tot het regenen was gestopt, Raya Mira was nu een goed uur weg. Was er huiver, verbazing, vrees? Een stille wanhoop bekroop me toen het tot me doordrong dat ik nu iets *doen* moest, dat dit ongebruikelijk was dat zij, mijn vrouw, zomaar verdween. Maar zoals de verdoving van de tandarts langzaam wegtrekt na de behandeling, geleidelijk ruimte gevend aan de latente pijn, zo voelde ik de verdoving optrekken: vanuit mijn voeten, mijn knieën, mijn rug, langs mijn ellebogen naar mijn hals – een verdoving die de pijn wegnam die nog komen moest.

Er stond mij niets anders te doen dan het glas te nemen en de wijn te drinken.

(De eerste keer dat mijn dochter aan mijn neus sabbelde – ze moet heel jong zijn geweest, ze moet hebben gedacht dat het de tepel was, haar lippen fel geklemd rond het puntje van mijn neus, haar wangen fanatiek bewegend, verwachtingsvol over de melk die zou toeschieten – het was pure poëzie, een genot dat uitsteeg boven het zinnelijke.)

De slok die ik die avond nam, was als de mond van mijn dochter om het puntje van mijn neus. Het was de mooiste wijn die ik ooit heb geproefd.

Bij het aanbreken van de dag werd er aangebeld. Ik heb niet geslapen die nacht, al was ik ook niet meer bij zinnen. Ik moet hebben gewaakt als een hond over z'n erf, het lijf in ruste, de oren gespitst. De deurbel verschrikte me niet, mijn hele wezen was klaar voor dit ene moment. Zou ze haar sleutels vergeten hebben? Ze had geen sleutelbos meegenomen, dat wist ik. Haar ijdelheid verbiedt haar gebruik te maken van de zakken in de leren broek. Ze belt dus aan, het is vijf uur in de morgen, ze zal zeggen: 'Ik ga naar bed, ik zie je straks wel' – want weinig is voor haar zo urgent dat het meteen besproken moet worden.

Zou ze wraak hebben genomen voor die ene keer dat ik een uitglijer maakte? Zou ze haar held getroffen hebben? Ik zou met een neutraal gezicht de deur openen, haar ontkleden en in bed leggen, en voldaan onder de douche stappen na deze bizarre nacht. En later zou ik zeggen: 'Hoe was het nou, de eerste keer?' – trots op mijn zelfbeheersing, blij haar te mogen vernederen, voor even.

De verdoving van de nacht trok uit mijn lichaam weg. Eerst ontdooide mijn hoofd, het tikken van de regenpijp dreunde nog na onder mijn schedel. Mijn vingers en tenen tintelden van de kou; het oog, tot dan toe naar binnen gekeerd, zag de zon opkomen en zag de kleine rododendron die de zondvloed van de voorafgaande nacht had overleefd.

Het was vijf uur in de morgen en de bel was gegaan.

Voor mij stond de barman van het café waar Raya sigaretten ging kopen, met haar sandalen in de hand. Nonchalant bungelden ze aan zijn vingers en toen drong tot me door: ze zijn leeg.

Raya's sandalen, waarop ze gisteravond vertrok. Zonder nagels, zonder voeten, zonder vrouw.

De barman keek me onderzoekend aan. Ik nam de sandalen in ontvangst, bedankte de man en sloot de deur. Het kwam niet in me op hem de vragen te stellen die je zou willen stellen. Wat doet u hier om vijf uur in de ochtend? Wanneer heeft ze uw café verlaten? En hoe – met wie?

Ik wist: ze is dood.

De barman heeft de politie gebeld. Dat is merkwaardig, hij miste niemand, er was voor hem geen enkele reden om aan te nemen dat zich hier een omstandigheid voordeed die noopte tot politieoptreden. Niettemin heeft hij in het proces-verbaal verklaard dat de blik in mijn ogen hem zo verontrustte, dat hij de politie verwittigde van de omstandigheid dat een van zijn klanten, mevrouw Raya Mira Salomon (bij hem bekend), zijn etablissement binnenkwam op de avond van 31 augustus rond een uur of acht, verregend, en dat zij niet lang erna, na het nuttigen van een whisky, toiletbezoek, en het verven van haar lippen, het etablissement weer verliet met onbekende bestemming. Bij het schoonmaken van het café, vroeg in de ochtend, trof hij een paar damessandalen aan waarvan hij vermoedde dat zij toebehoorden aan mevrouw Salomon op grond waarvan hij besloot ze onmiddellijk te retourneren.

Hij kon zich niet herinneren of ze ander schoeisel droeg toen ze het café verliet.

Hij had een onprettig voorgevoel gehad, dat werd versterkt door de wezenloze blik van de heer Gideon Salomon, toen deze de sandalen van zijn vrouw in ontvangst nam. Derhalve belde hij de wachtcommandant.

2

•

De eerste weken na haar verdwijning bleef alles bij het oude, ze was tenslotte wel vaker voor langere tijd van huis geweest en mijn dagen regen zich als vanouds aaneen. Nog niet zo lang geleden was ik begonnen met een nieuw project, wat ertoe bijdroeg dat mijn besef van tijd en van omstandigheid mij ontglipte.

Wanneer ik aan het werk ben zie ik de dingen anders. De grens tussen dag en nacht vervaagt; het antwoordapparaat voorziet in mijn sociale verplichtingen, eten en slapen zijn als poepen: je geeft eraan toe als de aandrang komt, en verder sta je er niet bij stil.

Ik leef als in een aquarium, door water en glas van de wereld gescheiden. Soms zie ik een bekend gezicht op mij toekomen, het drukt z'n neus tegen de glazen wand die ons scheidt om te kijken of alles goed gaat hierbinnen.

Ik glimlach en duik naar de bodem.

De zomer wordt herfst, het gaat aan me voorbij. Ik ben bezig met een serie fotografische interpretaties van gedichten, er hangt veel van af omdat het idee nog niet verkocht is. Rainer Maria Rilke. Anna Achmatova. Federico García Lorca. Salvatore Quasimodo:

Ik vouwde mijn handen onder mijn hoofd
en herdacht hoe ik thuiskwam:

geur van vruchten die op tenen horden drogen,
van violier, van gember, van lavendel;
wanneer ik, heel zacht, voor u wilde lezen
(wij samen, moeder, in een hoek in de schemering)
de parabel van de verloren zoon,
die mij altijd bleef volgen in stille uren.

Ik zet me achter mijn tekentafel en blader door het schetsboek. Tekeningen van een kleine jongen – *herdacht hoe ik thuiskwam* – herdenken, is dat kleur of zwart-wit? De jongen zit met zijn rug tegen de plankieren van een schuur, naast hem op de bank een opengeslagen boek – *geur van vruchten die op tenen horden drogen*. Wat zou hij lezen? Waaraan doet het me denken, Brancusi, Rodin? Schetsen van een volwassen man, de handen onder het hoofd gevouwen. In een hoek in de schemering, (*wij samen, moeder*).

Doch de doden is het niet vergund te keren,
en zelfs voor de moeder is geen tijd meer,
wanneer de weg ons roept.

•

Ik sta op een bergpad in een onbeschrijflijke hitte. Het landschap ligt als dood aan mijn voeten. Zelfs de krekels houden hun mond, de hagedissen schuilen onder natte stenen. De heuvels links en rechts van het pad glooien als het laken waaronder Raya Mira ligt te slapen. Alleen haar ademhaling ontbreekt, ik hoor slechts het hijgen in mijn eigen borst. Het pad eindigt bij een klein kerkhof, een goede kilometer lopen buiten het dorp. De begraafplaats is ommuurd, de muur niet witgekalkt maar in zijn oorspronkelijke kleuren gelaten: bruin, rossig. Schutkleur. Vanuit mijn positie boven aan het pad vormen de muren de contouren van een open boek, ik kijk neer op de linker- en de rechterzijde, in het midden gescheiden door een lage struik. De graven op rij vormen regels.

Het statief staat op de grond geschroefd. De camera en de fotorollen houd ik angstvallig in de koeltas, dat geeft nog enige bescherming tegen de hitte. Ik neem wijn uit mijn rugzak, brood en water, en wacht tot de zon zakt en het licht draaglijk wordt.

En zelfs voor de moeder is geen tijd meer,
wanneer de weg ons roept.

De eerste zweem van schaduw verschijnt, de zon geeft zich over. Er verschijnt een jongen op mijn weg, hij groet en loopt verder. Ik neem het fototoestel, schroef het op het statief en volg de jongen door de zoeker. Hij is aangekomen bij het kerkhof en staat stil bij een van de graven in de muur. Wie zou hij bezoeken, een zusje, een moeder? Ik druk af, maar weet dat dit niets is: het gaat erom het gevoel te krijgen, die lichte druk in je vingertoppen, de zachte, mechanische klik van het apparaat. Ik druk nogmaals af, en nogmaals, als de jongen het kerkhof verlaat. Dan gaat hij zitten in de schaduw van de muur – nee: hij gaat liggen, z'n rugzak naast zich, de handen gevouwen onder het hoofd.

In een hoek in de schemering, wij samen, moeder...

Ik druk nogmaals af en pak mijn spullen in.

'Mooi?'
  'Mooi.'
Raya zit op het terras van ons pension: een tafel en twee stoelen op wat wij een stoep zouden noemen maar hier het grootste deel van de straat beslaat. Het is rustig in het dorp. De mannen zijn voor seizoenwerk naar de stranden getrokken, de vrouwen trekken zich terug in de huizen. Het is warm. Op tafel staat een fles lauwe wijn. Raya oogt verstoord.
  'M'n pen lekt.'
Ik zie vlekkerige krabbels in haar schrift. Haar vingers zijn blauw. Op de kamer staat haar inktpot ter verkoeling in een bak

water. Het mag niet baten, ook het kraanwater is lauw.

'Wat schrijf je?' Met een half oog kijk ik of ik de waardin ontwaar.

Ze haalt haar schouders op: '*De avond heeft spijt want hij droomt van de middag –*'

'De avond moest beter weten.' Ik wis het zweet van mijn neus. Ze kijkt me aan (wat zou ze schrijven?). Het idee van de gedichten kwam van haar.

'De avond is koeler,' zeg ik, 'mooier, maagdelijker.'

'Maagdelijker?'

'Onschuldiger, misschien.'

Ik loop naar binnen om een glas te halen. Van de kamer haal ik de schetsen die ik had gemaakt voordat we afreisden voor deze reportage. Portretten van een kleine jongen; een volwassen man. Ik kan goed tekenen, met houtskool, maar in één oogopslag zie ik weer de nutteloosheid van die voorbereidende arbeid.

'Het werkt nooit, vooruitdenken,' zeg ik als ik weer bij haar zit, 'en ik weet niet hoe het anders moet.'

Raya bladert door het schetsboek.

'Je moet ergens beginnen. Het leidt nergens toe, maar het maakt je hersens lenig.'

(Door ons hele huis slingeren haar papieren. Opschrijfboekjes, kladjes, knipsels over dit of dat onderwerp. Je moet ergens beginnen. Het is een brij van losse draden waarin geen mens een patroon herkent. Behalve zij. Als ze zich aan het schrijven zet, weet ze precies welke anekdote in welke blocnote is genoteerd, welk citaat in welk krantenknipsel onderstreept. Ze zet zich aan haar getouw en weeft van al die vodden een wandkleed.)

Ze bekijkt mijn schetsen nauwgezet.

'Deze is mooi.'

'Het is geen foto.'

'De *tekening* is mooi.'

•

Dat was toen. *Doch de doden is het niet vergund te keren.*

Ik staar lang naar de tekening: de schets van een jong vrouwengelaat, steunend op twee handen. Het gezicht van de moeder zoals ze geweest moet zijn in de herinnering van Quasimodo: donkere ogen, een zachte lijn om de lippen, rimpels van verzoening. Zien niet alle moeders er zo uit in de herinnering van hun volwassen kinderen?

De handen laten zien wat er van haar geworden is: een oud, doorleefd leven.

Ik hoor weer de stelligheid in Raya's stem: 'De *tekening* is mooi.'

Ik moet niet luisteren, ik ben geen tekenaar.

Ik zet me aan de tafel voor de volgende serie schetsen. Je moet ergens beginnen. Het maakt je hersens lenig. Achmatova, Sint-Petersburg. Het houdt je bezig. Het leidt nergens toe, maar het houdt je lenig.

En als een zware weg mij wacht, is dit
de lichte last, waarvan ik niet zal scheiden.

Het leidt nergens toe. Het maakt je lijden lenig. Het maakt je leden nijdig.

De kou kruipt langs m'n rug omhoog. Ik herken dit gevoel. Het tintelt in mijn voeten en vingers, mijn rug verstijft.

Waarom is het zo koud? Ik teken de Neva, een inktzwart wak. Kinderhanden in wantjes voeren de eenden in het wak. De Neva, ik moet naar Sint-Petersburg, ik moet ernaar toe voordat de rivier dichtvriest en het wak verdwenen is. Het is nu oktober, er is nog tijd. Wanneer begint de winter in Rusland? Wanneer begint een Russische winter?

Ik verlaat de tekentafel, loop naar de kamer en grijp de telefoon. Ik toets het nummer van de KLM, dat ken ik uit mijn hoofd. Druk 0 voor last-minute reizen, druk 1 als u een medewerkster wilt spreken, druk 2 als u met creditcard betaalt. Ik druk de toetsen en anticipeer op het zeurderige deuntje waarmee je in de wacht wordt gezet. Het toestel gaat over. Er wordt opgenomen.

'Sint-Petersburg, mevrouw. Welke opties heeft u voor mij?'

Aan de andere kant van de lijn blijft het stil.

'Goedemiddag, met Salomon spreekt u! Naar Petersburg, last-minute, welke mogelijkheden heeft u?'

Ik word ongeduldig, dit is weer zo'n stuk onbenul, dat hoor je meteen aan haar stem: Sorry meneer, zegt ze dan schaapachtig, het is vandaag m'n eerste dag. Heeft u een momentje? En dan wil ze je doorschakelen maar verbreekt per abuis de verbinding.

Het blijft inderdaad lang stil.

'Gideon?'

Verontwaardigd wil ik vragen hoe ze mijn voornaam kent. Het is een mannenstem, dat is merkwaardig. De KLM werkt niet met mannenstemmen aan de reserveringslijn.

'Gideon!'

Jelle weer. Hoe weet hij dat ik het ben?

'Gideon, je hebt míj gebeld. Wat lul je nou over Petersburg?'

'Ik bel jou niet, ik bel de KLM. Ik moet naar Sint-Petersburg voor de serie van Achmatova. Waarom bel je mij?'

'Ik bel je niet. Jij belt mij. Wat lul je nou!'

Ik gooi de hoorn op de haak.

Jelle. Hij is een trouwe vriend, zonder meer, maar soms word je kriebelig van trouwe vrienden. Daags nadat Raya was verdwenen stond hij met een slaapzak voor de deur, en een fles whisky in de hand. Ik heb de whisky aangenomen, dat was aardig van hem, maar had geen behoefte aan gezelschap. Hij belde me iedere dag, totdat hij begreep dat ik gewoon aan het werk was. Niets aan de hand. Veel te doen. Ambitieuze plannen met m'n dichtersserie.

Ten slotte stond hij ook niet meer op het antwoordapparaat. Dat is het voordeel van trouwe vrienden, die weten wanneer ze moeten zwijgen.

Heel irritant dat ik hem nu aan de telefoon krijg, ik heb geen tijd voor zijn gratuit gebabbel, dat zou hij toch moeten weten.

Jelle en ik kennen elkaar al jaren, hij was erbij toen ik Raya ontmoette. Het was op een feestje bij Christiaan Winkler, een gemeenschappelijke vriend, die zien we trouwens ook nooit meer. Christiaan bewoonde samen met een paar vrienden een vervallen villa, Het Hemeltje, aan de rand van de stad. Het was een echt Pippi Langkous-huis met Jugendstil-glas-in-lood-ramen en met lambrisering in de reusachtige hal, waar het feest gegeven werd. Er zouden veel mensen komen die ik niet kende, Jelle haalde me over mee te gaan. Christiaan deed iets in de reclame, ik houd niet van dat soort feestjes. Jelle wel, hij is een allemansvriend. Raya Mira kende hij ook. Een trut vond hij, een koele, zelfingenomen trut. Ze werkte op de redactie van een of ander blaadje waarvoor hij weleens een opdracht deed.

Ik stond tegen de muur gedrukt, een whisky in m'n hand, en rookte voor de gelegenheid een sigaret die ik van een blond meisje had gekregen. Het leidde niet tot een gesprek, ze heette Petra en werkte als intercedente bij Vedior. Daarop had ik niets meer te zeggen.

Raya Mira zat op de trap aan de overzijde van de hal, haar ogen op me gericht. Haar handen waren klein en oud, veel ouder dan zijzelf. Ze had lange rode nagels en droeg een donkerpaars fluwelen jurkje. Daaronder lange benen in panty's. Daaronder bergschoenen. Nogal lomp, vond ik.

Ze bleef naar me kijken. Ik staarde terug, niet gehinderd door overwegingen van fatsoen, zij was immers begonnen. Kort zwart haar met een licht golvende slag. Bruine ogen. Of donkergroen? Ze rookte niet, dat viel me op. Het leek me het soort meisje van wie je verwacht dat ze zou roken, zo een met een onderdrukte neurose, een meisje dat aan het ontbijt hysterisch wordt. Maar haar handen lagen rustig in haar schoot terwijl ze naar me keek.

Daarop bleef mijn blik ten slotte hangen: op oude, meedogenloze handen in donkerpaars fluweel. Handen om te wurgen en om te strelen.

'Wil je bij me slapen?'
We zaten boven aan de trap tegen de balustrade geleund en

keken naar de mensen beneden in de hal. Er werd gedanst, ik houd niet van dansen, de muziek stond hard. Ik knikte. Zonder verder iets te zeggen liepen we de trap af en baanden ons een weg naar de deur. In het voorbijgaan trok ik Jelle naar me toe. Hij danste. Jelle houdt niet van dansen, meende ik.

'Ik ga met Raya Mira mee.'

'O?'

'Ja.'

Hij hield zich vast aan de slip van mijn jasje. Hij was dronken, ik zag het aan z'n ogen.

'Morgen bellen,' ontweek ik, en ik draaide me los.

Ze was op de fiets, een zwarte herenfiets van Burco. Ze woonde buiten de stad had ze verteld, in de duinen. Ik was lopend gekomen. Ik twijfelde: is het modern om een meisje te laten fietsen, of bied ik aan haar achterop te nemen? De bagagedrager zag er onbetrouwbaar uit. Ze haalde de fiets van het slot en gaf mij het stuur. Zelf nam ze plaats op de stang.

'De Wenckebachlaan uit,' zei ze, 'het is minder ver dan je denkt.'

Haar haren roken naar sigaretten en zee en haarlak. Het was koud, verraderlijk koud na de broeierigheid van het feest. Ik dacht aan lange benen in panty's: houden panty's warmte vast? Zou ze een slipje dragen? Ik stelde me voor hoe haar vocht langzaam op haar pantykruisje druppelde. Warm spinrag tussen schaamharen, als een spinnenweb in de ochtenddauw. Fietsen met een erectie is ongemakkelijk. Ik dacht aan Petra, de blonde intercedente. Ik kalmeerde weer.

Ze ontstak het licht in de hal.

'Daar is de slaapkamer,' zei ze, als tegen een hond die je zojuist uit het asiel hebt gehaald: *Daar is je mand*.

De slaapkamer was klein en koud. Het rook er naar zee. Het bed was provisorisch opgemaakt, het overtrek verwassen en weinig modieus. Vast van haar moeder gekregen, voor toen ze op kamers ging wonen. Fletse bloemen in blauw en roze. Het beddengoed was klam en rook naar slaap. Ik liep naar het venster om het gordijn te sluiten. Het raam stond open, geen wonder dat het zo koud was. Ik probeerde het haakje omhoog te bewegen om het raam te sluiten, maar het gaf niet mee. Verroest. Ik trok eraan, het houten kozijn kraakte waar het haakje bevestigd zat.

'Wat ben je aan het doen?'

In de deuropening van haar slaapkamer stond Raya.

'Ik doe het raam dicht.'

'Ik slaap altijd met open raam.'

Daar is je mand, hond.

Ze had twee glazen whisky in haar hand, en een sigaret. Dus toch. Ze sloot het gordijn en ging naast me op het bed zitten, de bergschoenen nog aan. In onze rug propten we het blauw-roze dekbed.

Het was koud, maar behaaglijk nu.

•

De kachel is aan. Tegenover me zit Jelle, hij moet naar de kapper, zijn rossige krullen zitten verward om z'n hoofd. Hij kijkt bezorgd. Om m'n schouders voel ik een deken. Het is koud, maar behaaglijk nu. Hij reikt me een glas whisky. We nemen een slok.

(Ze strekt haar lange hals. Haar handen glijden over m'n haar, m'n ongeschoren wangen. Ze heeft haar schoenen uitgeschopt, met haar voet streelt ze mijn enkel. Als een zwaan. Sterke, slanke armen. De klap van haar vleugel kan je armen breken. Vooral als het een moeder is met jongen. Haar hals krult in mijn nek. Ik wil zoenen, ze wendt haar gezicht af. Voelen, tasten, strelen, zoeken. Haar handen sturen haar. Als een blinde, witte zwaan.)

'Je ijlt, Gideon.'

Lieve Jelle. Hij is nooit van mijn zijde geweken. Daar zit hij, en draait de kachel hoog.

'De rododendron verzuipt,' zeg ik.

'Ik zal de keuken eens opruimen,' zegt hij, en hij loopt de kamer uit.

3

•

De barman had een keten van activiteiten in gang gezet, waarvan ik geen weet had. Achteraf was ik blij dat hij aangifte had gedaan van de verdwijning van Raya Mira. Zelf was ik niet op het idee gekomen. Rechercheurs hebben mijn familie ondervraagd, vrienden werden uitgehoord over ons huwelijk, over haar vermeende drankzucht, over de financiële positie waarin Raya en ik verkeerden. We hadden inderdaad een verzekering op elkaar afgesloten – dat is normaal na de geboorte van een kind, zo heb ik me laten vertellen. Het bleek in dit geval reden tot diepgaand onderzoek. Na overleg met mijn familie en Jelle besloot men mij tijdelijk met rust te laten, al werd de huisarts op de hoogte gesteld van een en ander.

Je hoort weleens verhalen dat aangifte van vermissing niet veel meer dan gegnuif teweegbrengt: 'Ja, ja, vrouwtje weggelopen. Gisteravond? En het is nu tien uur in de ochtend. Pakje sigaretten halen, zegt u. Nou meneer, ik zou maar even wachten. Had ze een leuke werkkring? Nieuwe collega misschien? Gaat u maar naar huis, zeker weten dat er een berichtje voor u op het antwoordapparaat staat.'

Door de ernst waarmee de barman zich bij het bureau moet hebben vervoegd is me dat bespaard gebleven. Raya Mira Salomon stond op de telex van Interpol lang voordat het tot mij, haar man, doordrong dat ze werkelijk was verdwenen.

Voor mij was er geen sprake van vermissing of van verdwijning. Ze was weg, dat realiseerde ik me, maar de implicatie daarvan drong in het geheel niet tot me door. De verdoving die die avond over mij kwam heeft mij niet meer verlaten. Ik heb niemand verteld dat ze was verdwenen. Ik ben die dag naar bed gegaan, heb de klok rond geslapen en ging aan het werk.

Alsof ze nooit weg was geweest. Alsof ze er nooit was geweest.

Er waren momenten van pijn: een kortstondige, snerpende pijn die mijn lichaam leek te verscheuren, zoals je vermoedt dat een hartaanval zich aankondigt. Raya had eens geprobeerd uit te leggen wat het is om een kind te baren: de pijn die vanuit je buik aanzwelt, je ruggenmerg openrijt, je bekken verscheurt, je benen breekt. Zo ongeveer verging het ook mij: mijn ingewanden trokken samen, de lucht verdween uit m'n longen, ik kokhalsde met heel m'n lijf – dat kwam vaak onverwacht. Ik had haar dan even tevoren gezien in het lege huis: een schim van Raya zittend aan tafel, in haar stoel onder de leeslamp, op de veranda met een kop koffie. Het was verraderlijk, want niet iedere keer dat ik zo met haar werd geconfronteerd klapte ik dubbel. Zonder moeite had ik haar kleren opgeruimd die nog op ons bed rondslingerden. Zonder scrupules veegde ik haar paperassen ter zijde om de tafel vrij te maken. Nee, dat was het niet. Het was haar stem die vanuit het niets opklonk, en mij deed kreunen als een vrouw in barensnood.

Ze praatte tegen mij, of liever: ze las me de schrijfsels voor die ze her en der in huis voor me achterliet: 'Je bent net een spartelende kip. De onverbiddelijkheid van het ouderschap is voor de man een keuze – en daarom onverzoenlijk. Je spartelt, maar weet dat weldra je nek genadeloos wordt omgedraaid.'

(Ze genoot ervan mij te zien worstelen met m'n nieuwe rol als vader. Ze genoot, maar zonder leedvermaak. Met een dodelijke ernst observeerde ze mijn gespartel, ontleedde de onrust die over me kwam als het kind ging janken, of de luiers opraakten na winkelsluitingstijd, of toen ik dacht dat het meisje haar nek had gebroken nadat ze uit bed gevallen was. Ze keek en zweeg, en 's avonds zag ik haar schrijven in een van haar schriften, met de onafscheidelijke vulpen en het eeuwige glas wijn. De volgende ochtend lag haar gedachte naast het gasfornuis.)

Zolang ik in de doka was, was ik veilig. Dat was altijd al zo geweest. Haar stem drong er niet door. Zij heeft zich nooit in mijn werk verdiept, althans niet in het ambacht dat achter de foto's schuilgaat. De doka was mijn domein, het heiligdom van mijn eigen gedachten, nooit zou zij daarin binnendringen. Maar zodra ik dat bastion verliet stond de geest van Raya op de loer: 'Gideon, waarom koesteren moeders niet vaker een weerzin tegen hun kroost?'

Ik drukte mijn handen tegen m'n oren en snelde naar de keuken om een boterham te maken. Het aanrecht was een slagveld; het brood onvindbaar (of was het op?), en met een halfvol pak cornflakes rende ik terug de doka in. Bij de deur hield haar stem me weer even staande: 'Gideon, wat is een grotere leugen, schrijven of fotograferen?'

Ze kijkt op vanuit de stoel waarin ze zit te lezen. Het schiet door me heen dat een leesbril haar goed zou staan, sommige vrouwen hebben dat.

Wat is een leugen? Waarom moet dat nu, waarom laat je me niet met rust?

Op een zeker moment kwam ik de doka niet meer uit, behalve om naar de wc te gaan, en ook dat hoefde bijna niet meer. Het eten was zo goed als op, maar honger had ik niet en de gedachte naar buiten te gaan om boodschappen te doen vervulde me met een oneindige vrees. Ik wist zeker dat Raya daar zou staan, bij het schap van de slasauzen of het broodbeleg, om me met haar spinsels te bespringen. In de laatste week heb ik nauwelijks geslapen. De whisky was op, ik vreesde het moment waarop ik in bed moest gaan liggen zonder de zekerheid van dronkenschap. Ik zou het niet overleven. Als een soldaat in de loopgraaf verschanste ik me met wat ik nodig had in de donkere kamer, ik viel af en toe weg, sliep tegen de muur of boven de tekentafel, en ging weer verder met dat waarmee ik bezig was.

Totdat ik naar Petersburg moest. Het was het gedicht van Anna Achmatova dat door mijn waanzin brak:

> En ik zag kinderen die, met hun wantjes
> door de verroeste spijlen van een brug
> de bonte eendjes voerden in een inktwak
> waarin ze gulzig kopje-onder doken.
> En toen kwam de gedachte bij me op:
> het kan toch niet dat ik dit ooit vergeet!

Ik was zo verschrikkelijk bang dat het wak in de Neva dicht zou vriezen.

•

Psychotisch, constateerde de arts, dat komt vaker voor bij mensen die een emotionele shock te verwerken krijgen. Je trekt je terug in een eigen universum, je snijdt je gevoel af, en overleeft door weg te zakken in korte wanen. Die had ik inderdaad gehad, al meende ik dat het herinneringen waren, en visioenen van grootse reportages die op stapel stonden.

Jelle was geschrokken van mijn telefoontje. De voorgaande weken was hij iedere ochtend langs mijn huis gereden om te zien of de gordijnen geopend waren. Hij had zelfs door de brievenbus gegluurd, bekende hij later, om zich ervan te vergewissen dat de post werd opgeraapt. Zijn bezorgdheid nam toe toen hij zag hoe de keuken vervuilde, die ligt aan het einde van de gang, in een rechte lijn met de voordeur en de brievenbusopening. In zekere zin was hij blij dat ik belde, het gaf hem een alibi het huis binnen te gaan met de sleutel die hij eerder, heimelijk, van de schoorsteenmantel had genomen.

Hij zette me bij de kachel en sloeg een deken om me heen. Hij reikte me een glas whisky.

'Je ijlt, Gideon,' zei hij.

'De rododendron verzuipt,' antwoordde ik bezorgd.

Hij liep naar de keuken en belde de huisarts. Hij wilde me niet verontrusten, maar in zijn ogen zag ik de angst. Dat is zo merkwaardig van een psychose, die gaat gepaard met momenten van grote helderheid. Alleen: ik was ervan overtuigd dat zijn bezorgdheid de rododendron betrof.

De dokter gaf me een injectie waarna ik 48 uur heb geslapen – een delirische slaap waarin voor het eerst de roodgelakte teennagels opdoken, die me nadien nog lang bleven achtervolgen. Jelle installeerde zich in de zijkamer die reeds lang tot rommelhok verworden was. Hij heeft de keuken opgeruimd en boodschappen gedaan. Hij heeft de aarde onder de rododendrons opgehoogd en stokken geplaatst. Hij bleef bij me, ook omdat de arts niet kon voorspellen welke wending mijn psychose zou nemen.

Toen ik ontwaakte zat hij aan de keukentafel boven de krant. Op het gasfornuis stond bouillon te trekken. Hij keek op en zag in mijn ogen dat de waanzin was verdwenen.

Het verdriet kon beginnen.

4

•

Ik ben maar een gewone jongen. Ik was trots dat de mooie Raya Mira in mijn armen was ontdooid – en waarom? Ik heb mij niet aan haar opgedrongen, ik wachtte slechts af hoe haar golven mijn kust zouden treffen: kabbelend, beukend, rollend, grommend. Zand kan niet breken, dat is een geruststellende gedachte, het verandert slechts van vorm. Je denkt dat het de zee is die dat doet, maar uiteindelijk zijn het de korrels zelf die zich hergroeperen tot wat ze oorspronkelijk waren. De aanstormende golfslag is slechts een moment in de oneindige monotonie van vorming, desintegratie en hergroepering. Uiteindelijk blijft de kustlijn min of meer dezelfde.

De eerste nacht dat ik bij haar sliep verbaasde ik me over de gratie waarmee ze mijn lichaam aftastte voordat ze zich aan mij overgaf. Niets toonde ze van de schroom die meisjes zo welgevallig maakt omdat het een appèl doet op je mannelijkheid het initiatief te nemen, háár te nemen. Zij zette de toon en danste een solo in de ijzige koude van haar slaapkamer-aan-zee. Ik was niet meer dan een figurant en volgde haar bewegingen als een schaduw. De heftige seks waarop je anticipeert, zo'n eerste nacht met voldoende drank achter de kiezen, bleef uit.

Het was niet onbevredigend, wel bevreemdend, en ik mijmerde lang of ik het ter sprake moest brengen, iets in de trant van: Waaraan denk je, als je met me vrijt?

De gedachte iets te moeten zeggen maakte me onzeker. Ik wilde het ook niet weten.

Ik heb vrouwen gekend voordat Raya op mijn weg kwam. Ik heb samengewoond en plannen gemaakt. Met Nanda, een meisje uit de reclame, en met Margot, de kunstenares van wie ik zelfs een kind wilde hebben. Maar altijd kwam dat moment dat ik dacht: en nu wegwezen. Bij Nanda bekroop me het gevoel toen we huizen gingen kijken op een VINEX-locatie, met voor- en achtertuin en inspraak in de bouw. We stonden op een zandvlakte en keken naar een houten paneel dat zo uit *De Noorderlingen* leek te zijn weggeplukt. Vlotte marketingjongens in dienst van de projectontwikkelaar hielden hun verhaal over de Filmsterrenwijk die hier zou verrijzen (Nanda had haar oog laten vallen op een ontwerp dat was gepland aan de Zarah Leandersingel); meisjes van het uitzendbureau deelden thee uit in plastic bekertjes, aanwijsstokken zwiepten ons om de oren: 'En hier komt dan het winkelcentrum met de Blokker en de Albert Heijn. En dit (brede armzwaai richting niemandsland) wordt de haven waar de bruine vloot aanmeert op een zomerse namiddag!'

Het was een droeve vertoning, een kleumend groepje mensen op een winderig stuk polder met folders in de hand van iets wat niet bestond en ook nooit wat zou kunnen worden. Ik werd pas echt droef toen ik keek naar het opgetogen gezicht van mijn verloofde. Kort daarna heb ik een einde gemaakt aan onze verhouding. Ze begreep het niet, wat mij sterkte in de beslissing.

Ik ben een echte *familyman*, al heb ik flink in de weide gegraasd. Maar al dat grazen had slechts tot doel de ware te vinden. Ik heb altijd verlangd naar De Ware. Ik zie mij niet op m'n drieënveertigste eindigen met een weekendregeling en een jongere vriendin en een flatje aan de rand van de stad. Ik ga liever voor het eitje bij het ontbijt en voor drie kinderen in het ouderlijke bed, 's ochtends voordat de wekker gaat, en voor een eethoek van Ikea en boodschappen doen op zaterdag.

Ik ben, in de grond van de zaak, een heel gewone jongen.

Mijn moeder zuchtte telkens: 'Ach jongen, daar ben je weer!', nam blijmoedig de waszak aan en dirigeerde mijn vader met mijn koffers naar boven, waar onze jongenskamer was. Ze vond het verrukkelijk mij op het nest terug te vinden na weer een gestrande poging me aan een vrouw te binden. Met een toewijding die grenst aan wellust luisterde ze 's avonds naar mijn verhalen: hoe het niet was geworden waarop ik hoopte, hoezeer deze vrouw toch tekortschoot – en ik altijd tekortschoot als man. Hoe ik had gehoopt op dat gevoel dat voor altijd... en bevreesd raakte als ik dacht aan de dag van morgen, om voor altijd wakker te moeten worden naast Nanda of Margot of Ditte of Tries.

Voor mijn moeder ben ik alles. Het gezin is voor haar alles, maar daarvan ben ik dan toch het meest. Ik ben de jongste van drie jongens en ben verwekt toen mijn vader de diagnose van terminale kanker gekregen had. De oudsten zaten toen al op de lagere school. In het ziekenhuis heeft mijn moeder mijn vader bestegen. Ze omzeilde de verpleging van de IC, de infusen, het beademingsapparaat en de urinekatheter en maakte zichzelf een laatste kind. Daarna zou hij sterven, en droeg zij de zoon die voor altijd Hem zou zijn, de zoon.

Maar mijn vader ging niet dood, en dat heeft ze hem altijd nagedragen. Niet dat ze niet om hem gaf, maar de heldhaftigheid van haar daad en de heroïek van haar toekomstig bestaan als jonge weduwe met drie opgroeiende zonen ontnam hij haar door door te leven. Nadien was ze niet meer dan een gemiddelde vrouw, hardwerkend, toegewijd, en weggecijferd.

Ik heb me afgevraagd of het terminale karakter van zijn ziekte niet veeleer een gedachtespinsel van haar is geweest dan de diagnose van de behandelend arts. In wonderen geloof ik niet. Maar zelfs als dat de waarheid is, zelfs als ik geboren ben uit haar interpretatie van de werkelijkheid, kan ik het haar niet verwijten.

We liegen tenslotte wat af met elkaar.

Wanneer ik een vriendin verlaten had en me naar het ouderlijk huis spoedde zorgde ik er altijd voor, dat mijn waszak gevuld was, mijn hemden ongestreken en de knopen van mijn boord loshingen. 'Och, mijn jongen toch,' zou mijn moeder ontzet reageren, en tot diep in de avond zat ze over de naaimand gebogen, of met de strijkbout in de hand, om al dit onrecht goed te maken.

Ik streefde ernaar vermagerd te zijn, of tenminste ongeschoren en met optisch ingevallen wangen, wanneer ik hen tussentijds met een bezoek vereerde en me de gehaktballen liet welgevallen die ze die ochtend was gaan draaien nadat ze mijn telefoontje had ontvangen. Ze moest er niet aan denken dat ik thuis zou komen met zo'n uitstraling van: Ma, het loopt allemaal op rolletjes! Het zou haar doodvonnis zijn, dat wisten we allebei.

Ook bij Nanda loog ik wat af, al was het niet gelogen. Ik was vijfentwintig en wilde een huis voor mezelf met een voor- en achterdeur en een kluskamer die later tot kinderkamer omgebouwd zou worden. Ik wilde af van mijn moeder en haar naaimand, wilde af van de ontwijkende blik van mijn vader waarin een mislukt leven besloten lag. Ik wilde volwassen worden, en daartoe had ik Nanda nodig met haar inspraak in de bouw.

En ik loog niet toen ik een kind wilde van de hippe Margot, en met haar een reportage wilde maken van haar en van ons kind en van ons gezin, als begin van mijn glansrijke carrière als fotograaf. Het was allemaal niet gelogen, het was zo waar als wat. Maar was het ook oprecht?

Ik vreesde niet los te komen van mijn moeders Miele en verlangde naar de brooddoos van mijn eigen vrouw, die jaar in jaar uit gevuld zou worden met twee sneetjes bruin met kaas, een sneetje wit met ham, een appel en een pakje melk.

Dat wat ik vreesde, begeerde ik het meest.

De eerste maanden van de liefde zijn zo allesverterend. Wat is dat toch, die begeerte om elkaar in geen tijd te leren kennen, te ontginnen, te bezitten? Het laat geen ruimte om te denken, de endorfines gieren door je lijf, het is praten en neuken en neuken en praten alsof de dood je op de hielen zit.

Zo kende ik de liefde. Maar dat had mij niets gebracht.

De verzengende hartstocht die de eerste maanden van een verliefdheid kenmerkt heeft slechts tot doel vast te stellen of je op het spoor zit van het Grote Geluk. Zo efficiënt en zo sexy mogelijk struin je de criteria af die de Go of de No Go bepalen. Maar onder de mantel van de delirische liefde voltrekt zich een zeer gecalculeerd proces. Het baltsen is niet meer dan het blootleggen van oude lagen van de ziel, waar de neus en de oren en de ogen hun herinneringen verbergen. Waar vertrouwdheid, angsten en dromen verborgen zijn.

Het diepste verlangen naar geborgenheid zoekt houvast, en doet dat meestal in de keuken. De neus speurt of er gehaktballen zijn, de ogen struinen etiketten van blikken en potten af, de vingertoppen betasten de vetrand langs het keukenkastje. Terwijl je lichaam heftig de liefde bedrijft is er een autonoom compartiment in het brein waar al die gegevens worden opgeslagen en vergeleken. Vergeleken met wat het leven jou heeft gegeven. Vergeleken met wat jij van het leven verwacht.

Het brein vult zich met plussen en minnen, onafhankelijk van het lichaam dat ronddoolt tussen haartjes en sapjes en geurtjes, en dan doet het *bliep*: het heeft vastgesteld of er synchroniciteit is tussen droom en werkelijkheid, of dat het blijft bij hopen.

Na de *bliep* is nog niet alles gezegd. Het kan nog maanden duren voordat je gehoor geeft aan de mathematische onmogelijkheid van de verzameling die je vormt met Nanda of Margot of Ditte of Tries. Maar in die eerste weken, vaak al in het eerste uur, is het pleit voor je beslecht. Het is slechts een kwestie van wachten op het moment van ontvankelijkheid.

Met Raya Mira was dit anders. Ze zat op het balkon van haar huis aan de duinen, de ochtend na onze eerste nacht, met een peignoir om haar schouders geslagen en een kop koffie in de hand. Ik werd wakker uit een ongekend diepe slaap, maar ontbeerde bij het ontwaken de tinteling die je na zo'n eerste nacht verwacht. Het was niet vertrouwd om daar alleen te liggen. Het was evenmin de vervreemding die je kunt voelen na een nacht met een flirt van wie je niet meer weet of ze Julia of Juliette heet.

Ik lag in bed en zij zat buiten en dat was het: een gegeven, ontdaan van de hoop of hartstocht of twijfel die een prille liefde doorgaans aankleeft.

Achteraf heb ik me vaak afgevraagd wat het was, waardoor de onrust niet over mij kwam. En ik kwam tot deze conclusie: niets uit mijn diepste herinnering trof enige grond bij dit wezen, Raya Mira: niet in positieve en niet in negatieve zin. Evenmin echter kon mijn calculerende brein haar koppelen aan een idee van de toekomst, een visioen of een ambitie zoals Nanda's kluskamer of de reportage met Margot. Dat wat ik had ervaren in het voorafgaande halve etmaal liet zich niet categoriseren. Het boezemde me geen angst in en het gaf me geen hoop.

Het brein deed geen *bliep* – het lag doodstil te luisteren naar het ruisen van de zee achter de duinen en naar de ademhaling van een vrouw op het balkon.

5

•

Had ik een gewaarschuwd man kunnen zijn? Jelle beweerde het weleens. Hij vertrouwde haar ongrijpbaarheid niet, waar ik deze juist als een bijzondere kwaliteit beschouwde. Hij vertrouwde mijn vertrouwen niet, dat ik ook niet kon onderbouwen. Ik kon niet anders dan erop varen. Bovendien, zo hield ik me voor, ben ik tamelijk nuchter. Ik ben bereid de waarheid onder ogen te zien, hoe onaangenaam ook, wanneer deze zich aan mij voordoet.

Natuurlijk is er altijd een zekere afgunst wanneer de ene vriend een vrouw treft, terwijl de andere nog ronddoolt op feestjes en vernissages. Maar Jelle en ik wisselden elkaar doorgaans af in het lijden aan de liefde en de vreugde erom, al deden we soms ook alsof, om de ander niet te zeer te kwetsen. Ditmaal zag hij het allemaal anders, en dat lag niet alleen aan Raya Mira die hij nog steeds verschrikkelijk vond. Het lag aan mij: de waarheid was dat ik me gelukkig voelde en dat hinderde hem.

Het prettige van mijn vriendschap met Jelle Ripperda is dat we een zekere knorrigheid delen ten aanzien van het leven. Dat verbindt ons sinds we elkaar leerden kennen op het lyceum, waar we de cabaretavonden voor de toneelvereniging organiseerden. We zijn niet zwartgallig, maar hechten eraan het leven van de schaduwkant te bespiegelen, en daarvan vooral de liefde. Wat mij betreft is dat legitiem: als je onder de boezem van een jiddische mama opgroeit is het knap lastig andere vrouwen ooit nog op waarde te schatten. Wat Jelle betreft, zo meende ik, was zijn leed nooit meer dan romantische *Weltschmertz*, waarvan hij de fijne kneepjes had geleerd tijdens de lessen Duitse literatuur. Hij zelf zag dat trouwens niet zo.

Jelle komt uit betere kringen: vader cardioloog, moeder niet-praktiserend psychologe met een voorliefde voor binnenhuis-architectuur. Een kut-huwelijk zoals hij zei, maar wel stabiel. Dat gaat vaak samen. Vader was er nooit, zijn moeder verbouwde hun villa aan de rand van de stad ten minste eenmaal per jaar. Misschien had hij wel zijn redenen om treurig te zijn, maar dat was voor mij moeilijk voorstelbaar. Jelle had altijd geld gehad, wij nooit. Jelle had een moeder thuis, de mijne werkte in een drogisterij. Wel viel het op dat hij alle meisjes koel en afstandelijk vond, zelfs op het Ignatius, waar toch heel wat meelevende typetjes rondliepen die altijd in waren voor een goed gesprek over je thuissituatie en over de kwestie of je al dan niet zelfmoord moest plegen.

'Mijn moeder is een ijskonijn,' had hij gewaarschuwd toen we naar huis fietsten. Ik ging voor het eerst met hem mee om thee te drinken en platen te luisteren. Hij had de nieuwe van de Doors die ik mocht lenen. Zijn moeder stond in de deuropening van de riante keuken. Daarvoor waren we al door een bijkeuken gekomen, langs glazen tochtdeuren en de vestibule om de jassen op te hangen. Het was allemaal zeer doordacht: de jassen op een knaapje, de tassen in een tassenrek, de laarzen op een rij.

'Gideon hoe?' vroeg mevrouw Ripperda indringend nadat ik me had voorgesteld. Ze had de hand nog vast, die ik haar had toegestoken.

'Gideon Salomon, mevrouw,' antwoordde ik, en ik trok m'n hand voorzichtig terug. Haar grip was net iets te stevig geweest voor een eerste kennismaking, alsof ze me grondig wilde bestuderen, een neiging die ik wel vaker had bespeurd bij ouders die psycholoog waren, of psychiater. Die stelden bij de thee ook vragen waarop je eigenlijk geen antwoord wilde geven, over je ouders en over meisjes en wat je er zelf van vond.

'Gideon Salomon, wat leuk. Een jodenjongen.'

Jelle had verteld van haar dwangmatige gewoonte om thee-serviezen te verzamelen. Ze kocht ze bij Metz in Amsterdam en bij Harrod's in Londen en in Lusaka of Caracas, als meneer Ripperda was uitgenodigd voor een congres en zij haar dagen sleet in het *lady's program*. Door de manier waarop ze dat zei: 'een jodenjongen', met zo'n taxerende, ietwat hebberige blik, voelde ik me prompt een theepot die ze heimelijk wel in haar dressoir wilde hebben.

Mevrouw Ripperda omringde zich graag met exotica, ook dat had Jelle me wel verteld. Ze gaf huisconcerten, met een pianiste uit Riga of een zanger uit Verona, opgepikt tijdens een snoepreisje van Hoechst. Joodse kennissen had ze nog niet.

Jelles moeder was altijd thuis als hij van school kwam, en zat met de thee klaar om zijn verhalen aan te horen. En hoewel ik haar *als moeder* wat merkwaardig vond (ze kon tijdens het theedrinken zomaar een tijdschrift pakken en ons de aanbiedingen voorlezen voor gordijnstoffen bij de Bijenkorf) benijdde ik hem louter om de theepot. Ik kende dat niet. Ik werd geacht m'n eigen thee te zetten (dat deed ik dus nooit) en de rest van de middag draaide ik plaatjes totdat m'n moeder thuiskwam. En dan was ze moe.

'Maar jij kunt blijven hangen op school,' zei Jelle, 'of de muziek hard zetten, of eieren bakken als je er zin in krijgt, zonder dat ze zeurt dat je zo moet eten.'

'Of stiekem roken,' zei ik, want dat was wat Jelle nog het meest ergerde: de opmerkzaamheid van zijn moeder.

Ze veroordeelde hem nooit, maar stelde Indringende Vragen. Dat was zo mogelijk nog erger. 'Jelle, ik moet indringend met je praten,' zei ze dan. Over de geur van rook in zijn haren, en waarom hij Joy Division draaide, want dat was erg deprimerende muziek. Ze had hem zelfs gevraagd waarom hij geen pornoboekjes onder zijn matras had verstopt, zoals alle normale jongens doen.

Mijn moeder vroeg gelukkig niets.

Zolang als ik me kan heugen stond mijn moeder vroeger op dan wij. Ze ging bij de kachel zitten in de woonkamer en dronk zwarte thee met melk: in de schemering van de ochtend, zonder de lichten te ontsteken, als om de nachtelijke stilte niet te verstoren.

Ik werd vaak wakker van haar geschuifel in huis. We woonden in een klein huis met dunne muren. Daar wen je aan, de meeste geluiden gaan aan je voorbij omdat ze je vertrouwd zijn: het gemurmel van je ouders in de ouderlijke slaapkamer, het doortrekken van de wc, het aanslaan van de kachel. Die geluiden zijn onhoorbaar geworden door hun onbetekenendheid. Haar geluiden hadden altijd iets alarmerends behouden. Ik kon horen hoe ze had geslapen, en wat de dag ons brengen zou. Zoals in veel gezinnen was ook bij ons het humeur van mijn moeder bepalend voor de stemming in huis. Dus werd ik tegelijk met haar in alle vroegte wakker en luisterde gespannen naar het openen van de deuren, naar haar voeten op de trap en het slaan van de ketel tegen de kraan. Door haar ochtendgeluiden nauwgezet te volgen wist ik wat me die dag te wachten stond.

De woonkamer was van de gang gescheiden door een deur met een matglazen ruit. Ik sloop naar beneden en keek naar de gestalte van mijn moeder bij het oplichten van de kachel. Haar lichaamstaal verstond ik als geen ander: hoe haar handen de beker omklemden, hoe ze haar rug kromde of juist gestrekt voor de kachel hield, hoe haar voeten berustend in de sloffen lagen, of nerveus op en neer wipten als autonome diertjes. Ik wist dat ik de kamer mocht binnengaan, ze zou opstaan en een boterham voor me maken en terugkeren naar de lage kruk bij de kachel, terwijl ik in de achterkamer aan tafel ontbeet. Maar dat moment stelde ik zo lang mogelijk uit. Alleen met haar te zijn aan deze kant van de glazen deur gaf mij een gevoel van macht. Ik kon haar beheersen door haar te aanschouwen. Zo was ik haar altijd een stapje voor.

De eerste metamorfose in haar gestalte zag ik als ze de geluiden uit de badkamer hoorde. Mijn vader was wakker geworden en wekte mijn broers, het gedrang bij de badkamerdeur begon, hevig gestommel op de trap om de ochtendblazen te legen. Met een beweging die ongeacht haar stemming altijd dezelfde was, stond ze op om de tafel te dekken en brood te snijden. Eerst de borden en de melkbekers, dan de messen, daarna het beleg en ten slotte de brooddozen.

Mijn moeder heeft altijd ons brood gesmeerd, ook toen Herman en Geert al op de middelbare school zaten en zelf hun fietsbanden moesten plakken. Ik meende dat ze uit trots ons brood bleef smeren; dat ze die vorm van zorgzaamheid in stand wilde houden waar andere, noodgedwongen, weleens in de knel kwamen. Tot mijn vader op haar verjaardag met een elektrisch broodmes van Philips thuiskwam, daarna was het afgelopen met de boterhammen en lagen de dozen ostentatief naast onze borden.

Het broodmes heeft jaren op zolder gelegen, het garantiezegel er nog aan. Ik heb het ten slotte ingebracht op een bazaar ten behoeve van ons schoolfeest. Het bracht goed geld op, het zat nog in de doos.

Na het ontbijt trok mijn moeder zich terug om haar toilet te maken. Achter de gesloten deur van de ouderlijke slaapkamer voltrok zich een tweede metamorfose, waarvan ik het proces nooit heb kunnen aanschouwen. De slaapkamer was verboden terrein wanneer mijn moeder zich had teruggetrokken. Gezeten voor haar spiegel, zo stelde ik me voor, smeerde ze haar gezicht in met een crème en poederde het na. Ze gebruikte nooit mascara of oogpotlood, maar op sommige dagen zag ik een vleug van blauwe schaduw rond haar ogen. Daarna kleedde ze zich aan, ze droeg altijd een jurk naar de winkel, met kousen (aan panty's had ze nooit kunnen wennen), en veterschoenen met een klein hakje. Bij de spiegel op de overloop deed ze haar kapsel, ze droeg daarbij een ouderwets kapmanteltje over de schouders, om geen haren op haar jurk te krijgen. Ten slotte bracht ze wat lippenstift aan, niet meer dan een zweem van donkerroze, discreet maar toch fris. Ze werkte tenslotte in een drogisterij.

Als ze de trap afkwam was ze mijn moeder niet meer. Haar gezicht stond als dat van een mevrouw van de winkel, vriendelijk, dienstbaar en ontoegankelijk. Niets verried hoe ze die ochtend bij de kachel had gezeten. Niets verried dat ze mijn boterhammen had gemaakt. Ook de kus die ik van haar kreeg bij de voordeur was vluchtiger dan de kus voor het slapengaan. Mijn moeder was verdwenen tot ze aan het einde van de dag thuiskwam, en in omgekeerde volgorde alle handelingen van die ochtend verrichtte om zonder lippenstift, zonder mooie haren, in een broek en een wollen trui in de keuken te eindigen voor het bereiden van ons avondmaal.

Ik vond het raar dat mijn moeder alleen mooi wilde zijn voor de mensen in de winkel, ook omdat ze een schortjurk moest dragen met de naam van de eigenaar van de winkel erop. Maar het troostte me dat ze thuis misschien niet zo mooi was als buiten, maar dat haar gezicht wel liever was.

Op een ochtend werd ik wakker van het licht dat door het raam naar binnen viel. Het was al laat, toch had ik mijn moeder niet gehoord. Ik luisterde naar het tikken van de wekker aan de andere kant van de muur; van beneden drongen geen geluiden tot me door. Op blote voeten sloop ik de trap af en keek naar haar plaats voor de kachel, die leeg was. Ik ben de kamer ingegaan en heb de kachel hoog gedraaid, waarop mijn vader ontwaakte en naar beneden kwam.

'Mama blijft vandaag op bed. Ze voelt zich niet goed.'

Hij belde naar de winkel en meldde haar ziek. Mijn moeder was nooit ziek, ik vreesde het ergste. Ik werd naar boven gejaagd om mijn broers te wekken. Daarna moest ik mijn vader helpen bij het ontbijt, ik had dat immers vaak samen met mijn moeder gedaan, hij wist niet waar de hagelslag stond en de botervloot.

Mijn moeder bleef de hele dag achter de gesloten deur van hun kamer. Ik veinsde dat ik ook ziek was, dat kwam mijn vader heel goed uit want dan kon hij naar het werk, en bood aan om voor haar te zorgen. Maar bij mijn eerste kloppen op de deur wees ze me al terug.

'Ik hoef echt niets, Gideon. Laat me maar met rust vandaag.'

'Ook vanmiddag niet, mama?' riep ik naar de deur. Ik dorst de klink niet omlaag te doen, dat leek me zelfs in geval van ziekte verboden.

'Ook vanmiddag niet lieverd, ik ga een beetje slapen.'

Het duurde drie dagen voordat ze weer te voorschijn kwam. Mijn vader sliep op de bank en tante Ika bracht hutspot met klapstuk. Ik was te ziek om naar school te gaan. Drie dagen lang zat ik strips te lezen op de overloop en luisterde aan de deur of ik haar zou horen kreunen. Ik overwoog wanneer het moment gekomen was dat ik met de wet mocht breken en haar kamer zou binnengaan. Ze mocht toch niet in haar eentje doodgaan, zonder iemand aan haar bed? Hoe kon mijn vader gaan werken? En mijn broers naar school sturen, al zaten zij al op het lyceum? Moesten we niet een wake houden, hier op de overloop? Ik verbeeldde me hoe zij in een afschuwelijke doodsstrijd verkeerde, de kussens stukbeet om geen geluiden te maken, terwijl ik de *Donald Duck* zat te lezen met een pak koekjes op schoot. Ik wist dat ik nooit meer, nooit meer mijn *Donald Duck*'s zou laten rondslingeren, als die deur maar open ging.

De deur ging open en daar stond ze. Ze leek magerder en had kringen onder haar ogen.

'Zal ik thee voor je maken?' vroeg ik, mijn stripbladen haastig bij elkaar zoekend.

'Ik ga eerst even naar papa op z'n werk, daarna zullen we theedrinken, samen.'

Ze was al aangekleed, een klein beetje als de mevrouw van de winkel maar lang niet zo mooi. Ze deed ook geen lippenstift op voordat ze wegging, en de zoen die ze me gaf was lang en warm.

Daarna is papa gaan logeren. Bij tante Ika zei mama. Tante Ika woonde bij ons in de buurt, maar ik zag zijn fiets er niet staan in al de tijd dat hij weg was. Het duurde een paar weken, misschien wel langer. De voeten van mijn moeder wiebelden veel minder, in die tijd.

Nadat mijn vader was teruggekomen heb ik nog één keer naar haar gekeken, 's ochtends vroeg. Maar er was iets in haar houding wat ik niet meer begreep en ook nooit zou begrijpen, hoe lang ik ook naar haar keek. Het was iets van grote mensen, iets tussen mijn moeder en mijn vader, wat onzichtbaar bleef voor mij.

Toch is het beeld me altijd dierbaar gebleven: de gestalte van een vrouw in het licht van de vroege ochtend, zich verzoenend met een nieuwe dag. Dat ik afscheid nam van haar deed geen afbreuk aan het vertrouwen dat ik had opgebouwd. Het boezemde me geen angst in en het gaf me geen hoop. Het beeld zou altijd bij me zijn.

Twintig jaar later reed mijn moeder tegen een boom. Ze had op een avond haar jas aangetrokken, mijn vader keek televisie, ze zei: 'Ik ben even weg,' en hij – hij zei waarschijnlijk niets. Ik vraag me zelfs af of hij iets heeft bemerkt, of dat hij onwillekeurig even het boord van zijn vest omhoog deed tegen de tocht die de huiskamer binnenkwam, toen ze het huis verliet.

Ze heeft haar handtas meegenomen, waarin een spiegeltje en lippenstift, haar huissleutels, een papieren zakdoekje, de portefeuille met wat kleingeld en de portretjes van haar zonen. Ze is in de auto gestapt, draaide de snelweg op, nam een schijnbaar willekeurige afslag en reed tegen een boom. Het is een mooie weg waarop ze in de laatste minuten van haar leven heeft gereden, een donkere streep in de polder, omzoomd door hoge iepen die ruisen, ook als de wind niet waait.

Haar handtas is teruggevonden door een boer bij het ploegen van zijn land. De tas was ongeopend in zijn klei terechtgekomen. Haar hebben we niet meer mogen zien, er was niet veel van over, zei de arts fijntjes, ze had de autogordel niet om.

'Bij een tragisch ongeval is omgekomen, mijn echtgenote Bea Salomon-van Geffen, vrouw van Meep Salomon, dierbare moeder van Herman, Geert en Gideon, op de leeftijd van 64 jaar.'

Zo had mijn vader het bedacht en zo kwam het op de kaart.

Bij het opruimen van haar bezittingen vond ik een schriftje in de lade van haar bureau. Mijn moeder had zoals de meeste vrouwen van haar generatie geen bankrekening, geen eigendommen, geen eigen kamer. Het territorium van Bé van Geffen, 64 jaar, besloeg minder dan twee vierkante meter op deze wereld: het notenhouten cilinderbureau dat in de serre stond en dat zij van haar tante had geërfd. Daarin lag het schrift opgeborgen, waarvan slechts de eerste pagina beschreven was, in een archaïsch, onzeker schoonschrift. Wat was het, dat ze had willen verzamelen? Herinneringen? Mooie passages, gedichten? Had ze een dagboek willen beginnen, een lange brief?

Eén pagina, niet meer dan vijf overgeschreven zinnen – daarna ging het schriftje terug in de lade en is er van haar voornemen, waarvan niemand ooit zal weten wat het was, niets meer gekomen.

Het moet een plechtig moment zijn geweest. Het huis is leeg, de jongens wonen op zichzelf, Meep is de deur uit voor een vergadering. De afwas is gedaan, ze droogt haar handen aan haar schort en hangt het aan het haakje bij de verwarming. Ze maakt voor zichzelf een kop thee en loopt naar de serre, waar het straalkacheltje al zachtjes staat te zoemen. Uit de middelste lade neemt ze het schrift, dat ze die middag bij de kantoorboekwinkel heeft gekocht. Het bruine zakje zit er nog omheen. Het schrift heeft een donkerrood kaft en fijne, blauwe lijntjes. Ze opent het, neemt het zilveren vulpotlood waarmee ze altijd haar correspondentie doet, draait de punt omhoog en begint te schrijven:

'I Corinthiërs 13: Al ware het, dat ik profetische gaven had, en alle geheimenissen en alles, wat te weten is, wist, maar ik had de liefde niet, ik ware niets. ⋆ Al ware het, dat ik al wat ik heb tot spijs uitdeelde, en al ware het, dat ik mijn lichaam gaf om te worden verbrand, maar had de liefde niet, het baatte mij niets. ⋆ De liefde is niet blijde over ongerechtigheid, maar zij is blijde met de waarheid. Alles bedekt zij, alles gelooft zij, alles hoopt zij, alles verdraagt zij. ⋆ De liefde vergaat nimmermeer, maar profetieën, zij zullen afgedaan hebben; tongen, zij zullen verstommen, kennis, zij zal afgedaan hebben.'

•

Ook voor blinden begint de verbeelding bij het woord. Die gedachte is niet van mezelf, het is een uitspraak van een blinde fotograaf. Hij was elf toen hij tegen een boomtak liep en zijn linkeroog verloor; een jaar later liep hij op een landmijn en werd
getroffen aan het rechter. De eerste foto die hij maakte was het
laatste beeld dat hij met eigen ogen zag: een jongen voor de
spiegel, met een Leica in de hand. Daarna ging het licht uit, en
is hij gaan fotograferen.

Dat wat hij fotografeert verbeeldt niet de werkelijkheid, maar
het landschap van zijn herinnering: de boekenkast van zijn
grootvader die rebbe was, het dorp waar hij opgroeide, de boomgaard waarin hij het zicht van zijn linkeroog verloor. Op de tast
monstert hij zijn object en bepaalt hoe het licht zou moeten vallen. Dan legt hij een beeld vast dat opgeslagen ligt in het archief
van zijn geheugen. De verhalen van zijn kinderjaren zijn de weg-
wijzer in een wereld zonder licht.

Ook mijn verbeelding begon bij het woord. Dat wat gebeurd
was, haar dood, de boom, een *tragisch ongeval*, had mij het zicht
op de werkelijkheid ontnomen. Ik had eens een oude Mamiya
op de kop getikt, een zware, mechanische camera met twee len-
zen waarvan er een, zo bleek na de koop, een afwijking had. Ik
heb hem nooit gebruikt, hij stond in een kist bij mijn ouders op
zolder. De dag na het ongeluk ging ik naar boven en stofte de
Mamiya af. Ik ben naar de provinciale weg gefietst, het had ge-
regend, de voren in het land glommen vettig. Op de plaats van
het ongeluk heb ik een foto genomen: een lange rechte weg, de
bomen aan weerszijden, het zwarte land eromheen.

De Mamiya gunde mij slechts een rij onscherpe iepen. Ik heb
het zo gelaten.

Mijn vader verliet weldra het huis om in te trekken bij wie
twintig jaar eerder 'tante Ika' genoemd was: zijn lief sinds lang.
Herman, Geert en ik mochten het huis ontruimen en meenemen wat we nodig hadden. De rest van de boedel is daarna met
het huis verkocht.

Ik nam de spiegel mee, waarvoor mijn moeder haar haren had gekapt. Hij hing boven een kaptafel met een klepje aan de bovenzijde, waaronder zij haar borstel, wat haarspelden en het roze kapmanteltje bewaarde. Ook het tafeltje nam ik mee.

Staand voor de spiegel nam ik een zelfportret met op mijn tong een klein object: een matse, een geroosterde sardine, het kleine lood uit haar vulpotlood, een brandende lucifer. Dertien portretten maakte ik, waarvan het laatste met gesloten mond en haar kapmantel over mijn schouders. De afdrukken in klein formaat plaatste ik in een lijst van blank iepenhout.

Met mijn halfblinde Mamiya voor haar kapspiegel leerde ik opnieuw te kijken.

6

•

Hoeveel ingangen heeft de herinnering? De ogen: ze registreren een beeld, de hersenen slaan het op en ergens, ooit, kan dat beeld weer opgeroepen worden, al is nooit helemaal duidelijk in hoeverre het herwonnen beeld overeenkomt met het oorspronkelijke. De oren: het terugvinden van kinderliedjes in de gehavende hersenen van een dementerende. De tastzin, het vel dat een streling herkent; de tong die zich herinnert hoe smerig zuurkool was, of witlof. De neus die detecteert dat hij in het grootouderlijk huis is, of in een huis dat bevolkt wordt door dezelfde luchtjes. Uiteindelijk is het het woord dat het geheugen activeert en een herinnering oproepbaar maakt. Dat beweren althans de wetenschappers, maar wie koestert niet een herinnering die ouder is dan het eigen woord?

De herinnering is gelaagd als een berggroeve waarin de sedimenten zichtbaar zijn. De diepste lagen zorgen ervoor dat we niet vergeten adem te halen, al herinneren we ons niet dat we het niet mogen vergeten. Er zijn onbewoonbaar verklaarde herinneringen: de oorlogservaring, een draai om de oren waarbij het trommelvlies scheurde. Er zijn herinneringen als een oud veen, waarin een gebeurtenis gekoesterd wordt die als een veenlijk min of meer intact te voorschijn komt na eeuwenlang zacht te hebben gedeind in het moeras van vergetelheid.

Herinneringen zijn volkomen onbetrouwbaar. We vergeten het grootste deel van ons leven, maar herinneren ons ook voorvallen die nooit plaatsgevonden hebben. Maar is de herinnering niet de dierbaarste leugen die we kunnen bedenken? Een leugen om bestwil – omdat het herinneren van nutteloze voorvallen en details van een verleden een leven maakt?

De omissies in Raya's geheugen waren grotesk. Aanvankelijk meende ik dat het terughoudendheid was; ik kende haar nog niet zo lang, we wandelden veel langs het strand en spraken over ons werk, onze vrienden, onze dromen. Het verleden roerde ze zelden aan en als het ter sprake kwam, kwam het van vlak onder de oppervlakte. Ze grossierde in de anekdotiek. Ik interpreteerde het als discretie. Raya, zo begreep ik, was niet het type vrouw dat in een eerste gesprek haar doopceel lichtte.

'Wat is je vroegste herinnering?' vroeg ik haar. We spraken over het landschap van onze kinderjaren. Zij komt van het dorp, ik uit de stad. Ik ben ervan overtuigd dat het landschap waarin je opgroeit je houding tot het leven bepaalt. Je observeert het uitzicht vanuit het slaapkamerraam en vormt je een beeld van de wereld: je kijkt naar een blinde muur of naar de wisseling van de luchten. Het kan niet anders dan dat dat gevolgen heeft.

Ik ben opgegroeid in zo'n buitenwijk die toen nieuwbouw heette en inmiddels op de lijst staat om wegens betonrot gesloopt te worden. Portiekflats met kelderboxen en in de groenstroken ertussen ondefinieerbaar struikgewas waarin wij kinderlokkers waanden. Ik kan het soort struik nog altijd blindelings herkennen aan de muffe geur van het zwerfvuil dat erin blijft hangen, en aan het haken van de kleine doornen als je erdoorheen loopt.

'Mijn moeder had voor mij een nieuwe broek gekocht, van donkerrood ribcord. Ik schaamde me omdat hij zo kinderachtig was en ik dat niet dorst te zeggen. Ik schaamde me voor de smaak van mijn moeder, en voor haar armoede, denk ik nu. Ik ben een winkel ingegaan en heb een spijkerbroek gestolen. Die broek verstopte ik in een plastic zak in de bosjes achter de flat. Telkens als mijn moeder had besloten dat ik haar rode broek zou dragen, spoedde ik me onderweg naar school langs die bosjes om me om te kleden. Dat was nog een hele toer, omdat ik ook mijn broers moest omzeilen met wie ik doorgaans naar school liep.

Uiteindelijk won de schuld het van de schaamte. Dat ik de spijkerbroek gestolen had deerde me niet, maar mijn verkleedpartij in het struikgewas ervoer ik als verraad. Ten slotte heb ik de spijkerbroek in een prullenbak gegooid en mijn rode ribcord broek met geweld aan de struiken in stukken gescheurd. Toen ik thuiskwam toonde ik de gehavende broek en veinsde een ongeluk met mijn fiets. Mijn moeder stelde me gerust en zei dat het iedereen kon gebeuren en dat ik een nieuwe broek mocht uitzoeken. Daarna moest ik heel erg huilen.'

'Je bent een schipperaar,' stelde ze. 'Was dat nu je vroegste herinnering?'

'Nee, maar wel een mooie.' Er was zoveel wat ik nog moest vertellen. Waar moet je beginnen?

'Ik heb er ook zo een,' zei Raya.

Verwachtingsvol keek ik opzij, maar er gebeurde niks. Ik dacht aan de blinde muur tegenover ons balkon en telde mijn voetstappen in het zand. Ik wist niet meer wat te zeggen na mijn ontboezeming over de ribcord broek.

'We kwamen in het dorp wonen, mijn moeder en ik. Het was zomer, ik was zeven geworden. Na de vakantie zou ik naar de dorpsschool gaan en in de vrije weken die me restten probeerde ik vriendjes te maken door rond te hangen op het plein. Ik was import, het was een besloten gemeenschap, er waren nog niet veel mensen van buiten naar toe verhuisd.

Het was moeilijk contact te krijgen met de kinderen van het dorp. Ze spraken een accent dat me onwelgevallig in de oren klonk en ze hadden het over zaken waarvan ik hoegenaamd niets begreep. Bovendien, dat vloog me nog het meeste aan, vond ik ze onappetijtelijk om te zien: grove gezichten, lompe lichamen, wratten, platvoeten – alsof ik in een schilderij van Jeroen Bosch was terechtgekomen. Ik voelde me bijzonder misplaatst. Er was iets gebeurd in het dorp kort voordat ik er kwam wonen. De kinderen lieten niets los, maar lieten me voelen dat zij iets deelden waar ik buiten gehouden werd. Ze deden er heel gewichtig over, en dat maakte dat ik me niet alleen buitengesloten voelde, maar ook minderwaardig.

De buurvrouw vertelde me dat er een meisje was doodgereden, de laatste week voor de vakantie begon, een meisje van ongeveer mijn leeftijd. De klas had gymnastiek gehad en wandelde terug naar het schoolgebouw toen ze werd geschept door een vrachtwagen. Er is een mooi ceremonieel omheen gebouwd, met een herdenking in het dorpshuis en een toespraak van de bovenmeester en toen ik in september naar school ging, hing er op de gang een foto van haar, een uitvergroot bidprentje van een meisje met een fietsenrek in haar mond en twee blonde vlechten.

Ik was de enige in de klas die haar nooit had gekend.

Dat stak. Het dode meisje interesseerde me niet, en de kinderen in mijn klas interesseerden me ook niet, maar ik realiseerde me wel dat ik het nog een aantal jaren met hen moest stellen en het hinderde me dat hun kordon, dat van nature al sterk was, door dat dode kind ondoordringbaar was geworden. Bovendien schonken ze aan mij te weinig aandacht en ook dat stak. Ik was tenslotte wel een nieuwkomer en alleen al om die reden een bezienswaardigheid, meende ik. Blijkbaar was dat niet voldoende.

Zo kwam ik op het verhaal van mijn dode zusje. Het kwam niet zomaar uit de lucht vallen, ik overlegde kalm bij mezelf hoe ik deze situatie een wending kon geven ten gunste van mezelf. Ik kon iets geks doen, maar daar hielden ze op het dorp niet van. Ik kon maatjes worden met de stoerste jongen van het stel, maar daarvan was ik weer niet gediend. En het kwam bij me op: ik kan ze ook met gelijke munt betalen, ik heb een zusje en dat is dood.

Terwijl ik wandelde door de weilanden achter ons huis ontspon zich een dramatische vertelling, over mijn zusje dat van de stoeprand was gevallen (ze was nog maar drie) en ik bedacht in detail hoe haar kleine hersenen op straat lagen en dat haar voetje nog bewoog en dat ze haar blauwe ogen open had. Op de stoep stond haar gekantelde driewielertje. Ik heb mijn moeder geroepen, en we moesten allemaal verschrikkelijk huilen en ze is in onze armen gestorven, daar op de stoep, en ze zei nog: "Mama" en "Papa" en "Aya" – ze kon de "R" niet zeggen – en toen was ze dood.

Eerst nam ik Janny in vertrouwen, het was een tamelijk onbenullig kind maar ze lag goed in de groep en ik wist dat ze geweldig kon kletsen, net als haar moeder. Ik wandelde met haar naar huis, keek strak in de wind en concentreerde me op mijn tragische geschiedenis, net zo lang tot de tranen kwamen. Janny vroeg wat er was, ik wendde mijn gezicht af, ze vroeg door (zoals ik hoopte) en met horten en stoten kwam mijn verhaal eruit. "Maar vertel het aan niemand, het doet me te veel verdriet om erover te praten," voegde ik er snotterend aan toe. Ik wist dat als ik er een geheim van zou maken, mijn verhaal het snelst rond zou gaan.

De volgende dag vroeg Mariska of ik bij haar wilde spelen. Dat wilde ik wel. Al gauw volgde Els, het populaire meisje dat mij altijd met de grootste minachting had bejegend, en vroegen de andere meisjes of ik mee wilde doen met de gymnastiekclub op de woensdagmiddag.

Niemand heeft er ooit met me over gesproken, anders dan: "Is het echt waar dat jouw zusje... en dat haar hersenen...?" Dan keken ze me verlekkerd aan en dan knikte ik droevig en hoefde niets meer te zeggen.'

We lagen in bed tussen de lakens van haar moeder, gele en lichtgroene strepen ditmaal, met draden aan het voeteneinde waarin onze voeten verstrikt raakten.

'Was dat jouw eerste herinnering?' vroeg ik.

'Het was het moment waarop ik zeker wist dat ik een leugenaar was,' antwoordde Raya.

Ze zag er kwetsbaar uit, zoals je je een meisje voorstelt dat nieuw in een dorp komt te wonen en zich geen weg weet in de mores die daar al eeuwenlang van kracht zijn.

Wat was waar aan haar verhaal? Ze was naast me in slaap gevallen, het gordijn bolde op door de zeewind die de slaapkamer ingezogen werd, ik keek naar het gezicht en de oude handen, die ze naast haar hoofd had gelegd. Raya slaapt zonder kussen, ze slaapt op haar rug met haar neus omhoog, alsof ze vreest geen lucht te krijgen.

Wat was waar aan Raya Mira, en wat de verhalenverteller? Had ze dit verteld om mij te verleiden, om een verhaal op te dissen en, als was ik een Janny, te kijken wat daarvan het effect zou zijn?

Ik beschouwde haar als een zwijgzame vrouw, toch kon ze goed vertellen, dat deed ze ook graag. Maar na dit verhaal bekroop me de twijfel. Ik hechtte meer waarde aan haar zwijgen dan aan haar vertellen. Spreken kon ze wel, praten deed ze niet.

Het antwoord kwam de volgende ochtend.

'Het is m'n eerste leugen,' zei ze met stelligheid. 'Maar sindsdien weet ik van al mijn herinneringen niet meer wat echt is, en wat verzonnen.'

Wat had ik eigenlijk willen horen? Had ik gerustgesteld willen worden? En waarom? Hoe waar was mijn eigen verhaal? Ik dis ook maar op wat ik me wens te herinneren. Ik gebruik m'n herinneringen net als zij om een beeld te presenteren dat me welgevallig is, en waarvan ik hoop dat zij er ook zo over denkt. Maar ik heb een curriculum vitae, en niets daarvan is gelogen.

'Wat is dan je biografie,' probeerde ik, 'wat zijn in godsnaam dan de *feiten* van je leven?'

Laat me niet de sponde delen met een romanpersonage, dacht ik plotseling nijdig. Of een notoire leugenaarster. Haar blik deed me huiveren. O nee, niet zo'n scène aan de ontbijttafel waarbij de jampotten je om de oren vliegen. Niet weer zo'n vrouw die in haar onmacht gaat huilen nog voordat het servies aan diggelen gaat. Ze keek op van haar toast met jam. Haar blik gleed over mijn handen en bleef op haar eigen handen rusten waarin ze een kop koffie hield.

'Wil je met me trouwen?' vroeg ze.

Ik liep om de ontbijttafel heen en knielde bij haar stoel om haar te kunnen omarmen.

'Waarom huil je meisje?'

7

•

Nog voordat we trouwden nam ze mijn naam aan. Raya Mira Salomon.

'Zo mooi had ik het zelf niet kunnen verzinnen,' zei ze stralend, en begon te huilen.

Ze huilde veel die tijd. De zwaan was gesneuveld in mijn armen. Ze huilde als we samen in bed lagen, ze huilde als we vreeën. Ze moest huilen toen we beschonken door een chique winkelstraat liepen en kleren pasten die we mooi vonden maar niet konden betalen.

'Waarom huil je meisje?'

Vertellen kon ze, maar praten deed ze niet.

'Bij jou begint mijn herinnering. Alles wat daaraan voorafgaat is een verhaal.'

Het moment was gekomen waarop ze openheid van zaken moest geven. We zaten in de wachtkamer van het stadhuis met een nummertje in onze handen, waarmee we te gelegener tijd aan de beurt zouden komen voor de ondertrouw. In haar tas had ze een uittreksel uit het geboorteregister, net als ik. We waren nerveus. Het was me nog steeds niet helemaal duidelijk of dit gemeend was of een farce. Ik wilde met haar trouwen, al kende ik haar pas drie maanden en was ze een volstrekt enigma. Ik wilde deze vrouw ontginnen, laag voor laag afgraven totdat ik op de waardevolle aderen zou stuiten. Ik waagde het te vertrouwen op mijn wichelroede die aangaf dat onder dit gesteente goud blonk – wat had ik te verliezen? Maar ik wist ook dat ik eerst de eigenaar moest zijn, voordat ik de concessie kreeg om te mogen delven.

'Kom,' Raya trok me aan m'n mouw, 'er zijn nog twintig verloofden voor ons.'

Ik keek op het elektronische nummerbord: B322. Wij hadden nummer B343. Ze sleepte me mee naar een café en bestelde champagne.

Elf uur 's ochtends, mijn haar was nog nat van het douchen.

'Of brengt dit ongeluk?' Ze lachte en hief het glas. We toastten.

O meisje, dacht ik, hoe ongeloofwaardig kun je zijn! Laat ons deze dag verdrinken en huilen om wat nooit zal zijn. Maar niet dit, niet deze leugen.

'Ik moet je iets laten zien.' Ze dook onder de tafel, op zoek naar haar tas. 'En dan vertel ik je een verhaal. En dat is niet verzonnen. Dat beloof ik. En het moet nu, voordat we aan de beurt zijn.'

Ze overhandigde me haar geboortepapieren, een smoezelig, vaalgroen document. Er stond een stempel op van een Spaanse burgemeester met een reusachtige paraaf, en verder was het onleesbaar. Erachter was een Nederlandse vertaling geniet, ook daarop stond een stempel, van een beëdigd tolk. Daarachter een beschikking van de minister van Justitie, in Naam der Koningin.

Annetje Slik, las ik, en ik keek haar aan.

'Mijn ouders woonden in Spanje en dachten dat ze gelukkig waren. Mijn moeder is Groningse, mijn vader een Spanjaard. Ze waren getrouwd toen ik geboren werd, daarna is mijn moeder naar Nederland teruggegaan. Mijn moeder heet Gondrina Slik. Ze was niet gelukkig in Spanje. Dat kan ook niet lijkt me, als je Gonnie Slik heet en uit Groningen komt. Ze was twintig toen ze terugkwam en is weer bij haar ouders ingetrokken. Dat is waar ik ben grootgebracht. Mijn ouders hebben me Raya Mira genoemd. Kijk, hier staat het.'

Ze wees me het eerste groene papier. Ik kon er niets van lezen, de letters waren verweerd.

'Mijn moeder heeft me Annetje laten dopen, naar mijn grootmoeder, toen ze terug was bij haar ouders, voor de Gereformeerde Kerk. Raya Mira vond ze maar niks, achteraf. Nadat de scheidingsakte was gepasseerd heeft ze een verzoek bij de Kroon ingediend om ook mijn achternaam te wijzigen. Dat is gehonoreerd.'

Ik keek naar de papieren die ze me in handen had gegeven. Jésus Mendoza, *médico*. Het stond er echt. Gondrina Slik, *ama de casa*. Jésus en Gondrina.

'Hoe kom je hieraan?' Ik hield de papieren omhoog.

'Ik heb het opgevraagd bij het bevolkingsregister van mijn geboorteplaats.'

'Je moeder moet toch een trouwboekje hebben gehad? Ze heeft een scheiding aangevraagd, en de naamswijziging van haar dochter.'

'Ze wilde me de papieren niet geven. Ze wil niet dat ik trouw. 't Is haar niet wel bekomen.'

Raya lachte hysterisch, zo erg dat ik dacht dat ze erin zou blijven. Blaas maar af, dacht ik, dit mens is gek.

Ik slikte, en verslikte me. Een hoestbui volgde. Annetje Slik, mijn hemel.

'En nu?' vroeg ik.

Raya bestelde een whisky. Jij ook? Nee, ik niet. Je kunt niemand verwijten dat ze Annetje Slik is gedoopt, maar het zinde me niet.

'En nu trouw ik met jou.'

Zoveel was me duidelijk.

We hadden nog een krap uur te gaan, schatte ik. In mijn jaszak voelde ik het nummertje, B343. Ik rekende: gemiddeld tien minuten per stel. Ik had er een paar zien zitten in de wachtkamer van wie je meteen een schijnhuwelijk veronderstelde: pooier met hoer, een moeder met haar uitgehuwelijkte dochter, blanke vijftiger met een Aziatisch dingetje – ik zou het niet vertrouwen als ambtenaar, en dan al die buitenlandse geboortebewijzen... Anderhalfuur. Genoeg om te achterhalen of deze concessie haar investering waard was.

'Raya Mira Salomon – klinkt goed,' zei ik cynisch, 'voor als je nog eens een bestseller schrijft.'

'Precies mijn gedachte.'

Kreng.

Ze griste haar papieren terug: 'Maar nu een ander verhaal.'

Toe maar Raya, jouw *cue*.

'Ik zat daar in het stadje van mijn grootouders en wist niet wat ik er te zoeken had. Ik kan me er niets van herinneren, de beelden in mijn hoofd zijn de foto's die ik heb bekeken in het plakboek van mijn moeder: Annetje in de zandbak in de tuin van opa en oma, Annetje in de haven waar mijn grootvader werkte, Annetje en het kindermeisje dat voor haar zorgde. Ik heb gekeken en gekeken, maar niets van wat ik zag is me bijgebleven. Ik was in een verkeerd leven terechtgekomen, met mensen met wie ik geen verwantschap voelde, in een landschap dat ik me niet eigen kon maken.

Zie: het is er vlak en winderig, de koeien staan er met hun kont naar de zon. De mensen lijken toegerust om te overleven: schonkig als de schoft van een koe, gesloten, alsof ze zich indekken tegen de wind, de regen, de enorme luchten. Het land leeft niet, het doorstaat. En zo ook de mensen. Zo klein als ik was, ik kreeg er geen vat op. Ik kon niet bevatten waar ik was terechtgekomen.

Mijn verhaal begint toen we naar het dorp verhuisden. Ik bedacht: als ik me niet thuis voel in dit leven, dit landschap, bij deze mensen, dan verzin ik een verhaal waarin ik me thuis voel. Dan verzin ik het verhaal dat mijn leven is.'

Ze dronk haar whisky op alsof het een kop lauwe thee was. Dit is een hele slechte film, schoot het door me heen. Maar wegzappen kan niet. Nog niet.

'Ik wist: als je Annetje Slik heet kom je niet ver in deze wereld. Vergis je niet: ik verwijt mijn moeder niets. Maar nu ik de kans kreeg opnieuw te beginnen, deed ik dat. Ik werd Raya Mira. En Raya Mira had een zusje dat gestorven was onder de wielen van een SRV-wagen, en had een vader die er toen nog was maar daarna is verdwenen. Ik probeerde het uit op Janny en het werk-te! Ik kreeg een tweede kans, ik creëerde een werkelijkheid waarmee ik tenminste uit de voeten kon.'

(Oude handen in donkerpaars fluweel. Ik zou je in barnsteen willen gieten, Raya Mira, hier en nu, zo mooi ben je in je wan-hoop. Ik zou de afgelopen maanden willen vereeuwigen, aan de muur hangen, de tijd verzegelen. Ik wil je verhalen ontdoen van je stem en dit gezicht laten stollen in bariet.

Vertel je verhalen, Raya Mira Salomon, opnieuw en opnieuw, totdat ze fossiliseren tot een herinnering die je in een doosje kunt stoppen en bewaren.)

'Wat is een leven, als het je niet toebehoort?' De hysterie was uit haar gezicht verdwenen.

'De eerste zeven jaren van mijn leven bestaan uit kiekjes en de verhalen van mijn moeder daarbij. De drieëntwintig daaropvol-gende jaren zijn een boek dat ik zelf heb geschreven. Ik ben de auteur, maar geen actor. Het verhaal beklijft niet, het is niet ver-ankerd in de herinneringen van de mensen om me heen. Het is míjn verhaal. Ik voel me erin thuis, maar ik ben daarin wel alleen.'

'Heeft niemand dan ooit dat "boek" van jou willen lezen?'

'Fantasie is niet de meest waardevolle eigenschap in de op-tiek van mijn moeder. Zij beschouwde me als een grote fantast, ze ergerde zich aan mijn geklets. Mijn leraren vonden me in het beste geval een dromer, doorgaans een leugenaar. En de Janny's van deze wereld, de Mariska's en Elsen... Ze smullen ervan, maar dat geeft mij weinig houvast. Zij zijn mijn publiek, de fan-club van mijn melodrama. Maar een schrijver voelt geen op-rechte verwantschap met zijn lezers en een acteur niet met het publiek. Je gebruikt ze om bevestigd te zien dat je het kunstje beheerst. Maar met het echte leven heeft het weinig te maken.'

Ze huilde tot op de ochtend van ons trouwen. De wekker ging op een onwezenlijk vroeg uur, het was donker buiten, de klam-me kou van de nacht hing in de kamer. Het zoeklicht van de vuurtoren trok strepen aan de hemel en lichtte met intervallen het gordijn op. Weldra zou de ceremonie op het stadhuis voltrokken worden, voor negen uur 's ochtends was het trouwen gratis. Met dikke ogen lag ze tussen de fletse lakens, toch keek ze gelukkig, een lach die doorbreekt als bij een kind dat zojuist is gevallen, maar wiens aandacht weer afdwaalt nog voordat de pijn is weggeëbd.

Ik bracht haar koffie op bed. 'Straks ben je Raya Mira Salomon.'

De tranen stroomden weer.

In de linnenkast lag het bruidsboeket, een lila cactusbloem. Aan de steel waren linten bevestigd van dezelfde stof als haar jurkje. Ze wilde opnieuw in het paars, had ze gezegd, daarna kon dat jurkje de prullenbak in. Het had zijn diensten bewezen.

Haar tranen namen de vorm aan van een rituele reiniging. Ze spoelde jaren van onwaarachtigheid van zich af, maar moest ook afscheid nemen van haar leugens. Het was mijn enige huwelijkse voorwaarde: om herinneringen te delen, om samen een herinnering te worden, om één verhaal te zijn. Ze had het geaccepteerd, al vreesde ze haar eigen vermogen de werkelijkheid een kwartslag te draaien.

'Als ik met je trouw mag ik niet meer liegen,' pruilde ze.

'Jawel. Als je er maar bij zegt wat waar is en wat niet.'

'Wahrheit und Dichtung?'

'Jouw waarheid is verdichting, daar wen ik wel aan. Alleen de aperte verzinsels moet je melden, Raya.'

En dat deed ze, ze deed het zo nauwgezet dat ik spoedig overwoog mijn voorwaarde weer in te trekken. Ik werd overspoeld met briefjes, annotaties zoals zij ze noemde:

'Dat wat ik zei zojuist, dat ik vind dat die spijkerbroek je staat, vind ik alleen als ik mijn eisprong heb. Alle andere dagen van de maand is het een pathetische poging van je om jonger te lijken dan je bent.' Het briefje lag op de handdoek, Raya lag al in bed, ik had een douche genomen. We hadden gedanst in De Zevende Hemel.

'Ik vind je spaghettisaus vies,' lag bij de afwas, na het avondeten.

Maar soms ook uitgebreider, zoals naar aanleiding van een strandwandeling waarbij die kwestie ter sprake kwam: wat is een grotere leugen, het schrijven of het fotograferen? Daarna had ze een briefje op de deur van mijn doka geprikt:

'Jij herkent mijn manipulaties, je bent net als ik goed in het verdraaien van de werkelijkheid. Alleen: jij bent een dief van andermans verhalen, je eigent je ze toe op het moment dat je door de lens kijkt en afdrukt. Je reduceert de complexe werkelijkheid van een ander tot een formaat dat je past: 6 x 6. De verhalenverteller is genereuzer, die geeft verhalen weg. Eigenlijk ben je een armzalige kruimeldief. Kus, Raya.'

Ze huilde omdat ze wist dat ze zich zou overgeven – datgene, wat ze van zichzelf had gemaakt in de afgelopen dertig jaar. Naast de pijn om het afscheid was er ontroering, omdat ze voorvoelde dat ze een thuis zou vinden dat deelbaar was. Deelbaar door twee. Dat was allicht meer dan ze ooit had meegemaakt.

Ik vroeg haar waarom ze nooit had overwogen de naam van haar vader aan te nemen, Raya Mira Mendoza. Haar antwoord lag voor de hand: met hem had ze geen enkele verwantschap. Ze kende haar vader niet, noch zijn achtergrond. De naam Mendoza zei haar niets.

'Jouw naam, Gideon Salomon, wordt gedragen door een man tot wie ik mij beken. Wat heb ik te verliezen? Ik ent mijzelf opnieuw, op jouw naam, op jouw geschiedenis, op jouw stam.'

De veegploeg van de Gemeentelijke Reinigingsdienst was druk in de weer toen wij van de tramhalte naar het stadhuis wandelden. Zwermen meeuwen vlogen om onze hoofden zodra we in de buurt kwamen van de kleine veegauto die de drek van het voorafgaande etmaal uit de goten borstelde. Het schemerde nog en de stad was verlaten, op een enkele vroege vogel na. Bij de gracht zagen we hoe een man in zijn zojuist geparkeerde auto, zijn brooddoos opende, tussen de boterhammen keek en daarna het autoraam opende om de eendjes te voeren met wat zijn vrouw ongetwijfeld die ochtend plichtsgetrouw in het trommeltje had gestopt: leverpastei, pindakaas, gekookt eitje, vindt-ie altijd wel lekker. Jaren van zorgzaamheid en dodelijke routine werden de gracht in geflikkerd en door de eenden verschalkt.

Ze had haar oude huid afgegooid. De uitdrukking 'De mooiste dag van haar leven' kreeg opnieuw betekenis toen ik die vroege ochtend in het najaar naast mijn bruid liep, mijn aanstaande vrouw. Het was niet de mooiste dag van haar leven: ze was die dag het mooist van haar leven. Ontdaan van een oude huid, nog niet getooid met de nieuwe.

8

•

We gingen naar Gonnie Slik om het nieuws te vertellen. Ze wist dat Raya zou trouwen, maar niet met wie en evenmin wanneer. Het werd tijd dat ik mijn gezicht liet zien. Het werd tijd dat Raya mij liet zien van waar zij kwam.

De zwoele nazomer van onze kennismaking was omgeslagen in herfst en neigde zelfs naar winter. Het was guur en regenachtig en als lood hing de lucht over de aarde. Het landschap van onze bestemming was mij onbekend. Raya opperde de binnenwegen te nemen, we hadden alle tijd. In de verre omtrek was geen levende ziel te bekennen, de kalende bomen stonden zwijgend en roerloos rondom de erven, en ook de koeien stonden op stal. Mij bekroop het gevoel ieder moment van de aarde te kunnen tuimelen, de horizon leek zo pregnant dat het geen abstractie meer was, maar concreet: het einde van de wereld. Op dit land kun je alleen wonen als je er geboren en getogen bent, als je wortels diep in de grond reiken, hakend aan de oude wortels van je vader en voorvaderen. Ieder ander waait er zonder pardon van af.

Naast me zat Raya ingespannen naar buiten te kijken. Af en toe nam ze de rafelige theedoek ter hand om het beslagen raam te wissen, als wilde ze niets missen van het spectaculaire uitzicht. Op haar schoot lag een detailkaart van het gebied. Telkens als we een gehucht passeerden, een vervallen boerderij, een rij dijkhuizen, mompelde ze de naam: *Oldorp, Holwinde, Jukwerd.*

Ze zou hier niet meer kunnen wonen, mijn Raya Mira, ze paste niet in het decor. Ze was te stads geworden – of nee: stads was ze niet, wel ontworteld. Misschien had ze er nooit in gepast, zoals ze zelf beweerde, in dit ontzagwekkende en naar binnen gekeerde landschap.

Maar dromen van een land dat begrensd wordt door z'n eigen weidsheid kan wel.

Aan haar onrustige ogen zag ik dat ze zocht naar bakens van herkenning.

'Ik had een droom vannacht. Ik fiets door een verlaten dorp. Het is vroeg in de ochtend, er is geen mens op straat. Het is waarlijk doodstil. De huizen lijken van bordkarton gemaakt, een filmdecor dat ieder moment kan omvallen. Toch staat het er allemaal echt. Er hangt een grote wandklok aan een van de gevels. De wijzer van de klok tikt. De straten zijn brandschoon, de huizen allemaal in eenzelfde, vaalwitte kleur geschilderd.

Ik fiets op mijn Burco met voorop een drager om bestellingen te kunnen rondbrengen. Op de drager ligt een gietijzeren koekenpan. Eén hand houd ik aan het stuur, in de andere draag ik een groot struisvogelei. Ik fiets voorzichtig, het ei mag niet breken voordat ik op mijn bestemming ben.'

Ze nam de lap van de grond om de ruit te wissen en keek voor zich uit naar een leegte die voor haar, zo kwam het me voor, betekenisvol was maar voor mij van geen enkele waarde. Vaak was het me niet duidelijk wat ze beoogde met haar verhalen. Misschien mompelde ze maar wat, zoals ze ook *Oldorp* had gemompeld, en *Holwinde*.

'Ben je zwanger?' vroeg ik ten slotte.

'Hou op zeg, de droom is niet nieuw. Die heb ik al jaren. Nee, ik ben niet zwanger en het ei is niet mijn kinderwens.'

'Wat dan wel?'

'Weet ik veel.' Ze draaide zich naar me toe: 'Vind je het geen mooie droom?'

Ikzelf droom meestal van ontsporende treinen en van auto's waarvan de remmen kapotgaan terwijl ik de berghelling afrijd. Echte jongensdromen, die zelden goed aflopen maar evenmin fataal. Ik wek mezelf bijtijds.

'Waarom vertel je een droom en wil je er verder niet over praten?'

'Jij vraagt of ik zwanger ben en dat ben ik niet.'

'Waarom vertel je me de droom?'

'Hij is mooi.'

'Dat is het enige?'

'Jezus Gideon, weet ik veel.'

Als ik ontwaak uit mijn dromen, vlak voordat het vliegtuig neerstort of mijn speedboot op de rotsen slaat, verkeer ik enige momenten in verwarring over de vraag of het een fijn avontuur was, of een aanval van existentiële angsten. Maar omdat dat laatste me weinig aanspreekt opteer ik doorgaans voor het eerste en kan ik rustig fantaseren hoe het verhaal verder was gegaan, als ik nog even had doorgeslapen.

'Zie je dat huis in de verte?'

Ze wees naar een klein huisje dat losstond van een rijtje arbeidershuizen onder aan de groene dijk. Het was wit met blauwe luiken, een onwaarschijnlijke vorm van frivoliteit in de verder zo ernstige architectuur van deze streek. Er was waarschijnlijk een westerling in neergestreken, een schrijver of kunstenaar, die in deze afzondering zijn meesterwerk hoopte te volbrengen.

'Dat huisje doet me denken aan die droom. Het ís er, het staat er echt, maar het lijkt niet meer dan een decorstuk, dat ze na de filmopnamen vergeten zijn mee te nemen.'

'Dat is mooi?' vroeg ik voorzichtig.

'Ik vind het prachtig. Om naar te kijken althans.'

We namen onze intrek in een pension in een klein gehucht, op korte afstand van de woonplaats van haar moeder. De boemeltrein stopte er jaren geleden voor het laatst, toen de bakker er nog zijn bestellingen deed en rond het schooltje kinderstemmen klonken. In het ene klaslokaal huisde nu de Rabobank, in het andere het Groene Kruis. De bovenverdieping van het voormalige stationnetje werd als pension uitgebaat door de vrouw van wijlen de perronchef. Zelf woonde ze beneden.

Staand achter het voormalig loket noteerde ze nauwgezet onze gegevens in een gastenboek. Naam van Meneer. Naam van Mevrouw. Geboortedata. Datum van aankomst. Beoogde datum van vertrek.

'En waar komt u weg?' Ik zag haar denken: 't zal wel niet van hier zijn.

'Getrouwd?'

Het had me niet verbaasd als ze ook nog om een trouwboekje zou vragen. Uiteindelijk nam ze de sleutel van het sleutelrek en ging ons voor naar boven. In het voorbijgaan keek ze naar onze bagage en richtte haar blik vervolgens nadrukkelijk op mij. De boodschap was duidelijk, ik moest het niet in mijn hoofd halen een van beide vrouwen een tas te laten dragen.

'Uw kamer,' zei ze met een breed gebaar de deur van kamer 3 openend. 'Ontbijt doe ik niet. U kunt vanaf zeven uur terecht bij café Buining, in het dorp.'

Voor de ramen van onze kamer hingen vitrages en er stonden sanseveria's, een plantensoort waarvan ik dacht dat deze om zijn lelijkheid al lang in onbruik was geraakt. De kamer werd goeddeels gevuld door een reusachtig eikenhouten bed, vermoedelijk afkomstig van een boeldag van een van de herenboerderijen uit de nabijheid. Het kleine kamertje naast de onze was tot badkamer omgebouwd. Er stond een wiebelige douchebak van de Formido en een log dressoir, afkomstig van ongetwijfeld een andere boeldag. Omdat er geen andere gasten in ons pension verbleven, eigenden we ons het dressoir toe als afzettafel voor de overblijfselen van de picknick.

Raya installeerde zich aan het tafeltje bij het raam. Het blad was overtrokken met een restant van het gebloemde douchegordijn, rondom met punaises vastgezet in het tafelblad. Vanuit het raam zagen we uit over een nieuwbouwwijkje dat aan de andere kant van het spoor in een lager gelegen weiland was terechtgekomen. Men had in het streven naar aansluiting met de tijdgeest een potsierlijke architectuur toegepast die in deze omgeving volledig uit de toon viel. De deuren van de huisjes waren in verschillende primaire kleuren geschilderd, de dakkapellen stonden schots en scheef tussen zonnepanelen op de daken ge-schroefd, en sommige voorgevels hadden een aluminium bekle-ding meegekregen. Het uiteindelijke resultaat was een gemid-deld Hollands nieuwbouwwijkje met scheve huizen en te kleine ramen, dat als een wratje aan de oude dorpskern bungelde.

Ik trok de fles wijn open die over was van de lunch en bracht Raya een glas. Ze zat aan het tafeltje met een spanning in haar rug die karakteristiek was als ze wilde gaan schrijven.

'Ik zou hier niet meer kunnen wonen,' zei ze, terwijl ze voor-bij de scheve nieuwbouwwijk naar het hoge land keek. 'Het land-schap trekt me aan, maar de gedachte erin te moeten verblijven schrikt me af. De eenzaamheid is niet te harden.'

'En je huis in de duinen dan?'

Haar huisje lag tegen de voet van het duin. Het besloeg de bo-venverdieping van een voormalige touwslagerij, de geur van hen-nep en teer hing nog in de muren. Over de volle breedte van de achtergevel liep het balkon, vanwaar je uitkeek over een woon-wijkje bij de oude vissershaven. Daar meerden nog wat kotters af en werden hier en daar de netten geboet, maar het was niet veel meer dan folklore, de grote economische bedrijvigheid had zich naar elders verplaatst. De enclave was van de bewoonde wereld gescheiden door de zeehavens, al was je met de pont in minder dan een kwartier in het centrum van de stad. Niettemin leefde men achter het duin zeer op zichzelf, met de rug naar het land gekeerd. De inteelt was dan ook van de gezichten af te le-zen.

'Toch, het is anders,' peinsde ze hardop. 'Hier is het zo *bewe-gingloos*. Het is een landschap in slowmotion. Je hoort de wind niet omdat er niets is om tegenaan te blazen. Je ziet de boer het land bewerken, maar door de uitgestrektheid zie je geen pro-gressie. Alle beroering is bedaard.'

'Aan zee klinkt de scheepshoorn en vlieden de getijden?' op-perde ik met enige ironie.

Ze draaide haar gezicht naar de kamer waar ik had plaatsge-nomen op de rand van het bed. Oeps! Dat grapje was verkeerd gevallen.

'Ik woon er alleen maar, Gideon. Het is niet mijn leven!'

'Zo bedoel ik het niet,' haastte ik me te zeggen, 'maar ook daar is het een en al bedaagdheid, in je dorpje aan zee.'

Haar kribbigheid was alweer overgewaaid. In haar hoofd was ze aan het schrijven, mijn onbegrip was dan eerder verdienstelijk dan hinderlijk, zo wist ik inmiddels. Ik zag haar zoeken naar woorden.

'Het leven lijkt hier niets dan een cirkelgang. De dagelijkse handelingen herhalen zich als rituelen, net zo lang totdat het vanzelf betekenis krijgt. Jaar in jaar uit het land bewerken, de koeien melken, tegen de wind in fietsen, de wilgen knotten – in afwachting van het volgend jaar waarop ze weer geknot moeten worden. Ook dat is een vorm van zingeving, dat realiseer ik me. In de herhaling kan de betekenis van een handeling besloten liggen. Maar continuïteit kent ook andere vormen. Minder hermetisch, niet zo definitief.'

Ze wees naar de kale kastanje in de tuin van het stationnetje: 'Uit zijn stam groeit een tak, en daaraan komen nieuwe takken, en knoesten, en kastanjes. Iedere kastanje is een potentiële boom, iedere tak draagt een nieuw verhaal maar had niet zonder die oude tak, zijn oude stam, zijn oude wortelgestel kunnen bestaan.'

'Maar die vorm van continuïteit kent een einde. Eens gaat de boom dood.'

Raya keek naar het gevaarte waarop ik zat: 'Dan maak je er een bed van dat zo sterk is dat het van generatie op generatie doorgegeven wordt.'

'Continuïteit door onderbreking?'

'Nee,' mijmerde ze, 'meer een opeenstapeling, het voortborduren op het voorafgaande. Je neemt mee wat je van waarde acht, je stoot af wat je hindert of wat uit zichzelf al is afgestorven.'

'Wilde je daarover schrijven?'

'Nee. Ik denk aan huizen.'

Ze draaide me haar rug weer toe en keek uit het raam: 'Maar misschien is dat wel hetzelfde verhaal.'

De avond viel over het nieuwbouwwijkje, dat nu iets van de knussigheid had gekregen die onbedoeld illustreerde wat Raya had willen zeggen: het verlangen naar houvast kan niet anders dan tot stilstand leiden. Eén voor één zagen we de lichten in de kamers ontstoken worden; de gordijnen gingen hier en daar wat toe, er verscheen een man op straat om zijn hondje uit te laten en een praatje te maken met de buurman die ook met zijn hondje liep.

Kan geborgenheid ook betekenisvol zijn, méér dan de verstikkende zekerheid van het bestaande? Kan continuïteit vorm krijgen zonder dat het verwordt tot behoudzucht?

'Waarin vind jij geborgenheid, Raya? Heeft het te maken met huizen, of met je herinnering?'

Raya draaide haar gezicht naar mij, haar donkere ogen blind voor wat ze zagen: blind voor het grote boerenbed, voor het bloemetjesbehang, blind voor mij, haar man. Zo moet Socrates vlak voor zijn dood eruit hebben gezien: ogen die uitzien over het innerlijk landschap.

Ogen zijn niet de spiegels van de ziel, schoot het door me heen. Het zijn spiegels van de passie, van iets wat nog dieper reikt, nog onbeheersbaarder is dan de ziel.

'Dat ei,' zei Raya, 'het is iets met dat ei. Denk je niet?'

Ze zat tegenover mij, Gonnie Slik, zwaar weggezakt in de lederen driezitsbank en nipte aan een glaasje.

'Je woont dus nog alleen?'

Ik had haar onze kaart gegeven, de kaart die we hadden verstuurd aan vrienden om te melden dat we waren getrouwd. Erop stonden haar adres en mijn adres. We hadden nog geen huis gevonden.

De moeder keek naar haar dochter die op de poef voor de sierhaard had plaatsgenomen. Raya keek weg, zoals ze had gedaan vanaf het moment dat we de straat indraaiden waar Gonnie Slik woonde. Raya kende het er goed, het was de straat van haar kinderjaren. Gonnie had het voormalige ouderlijk huis betrokken nadat Raya's grootouders waren overleden. Het was een eenvoudig, rood-bakstenen huis met rondom een kleine tuin met ouderwetse planten: morellen, rododendron, een krentenboompje op leeftijd. Haar moeder stond ons in de voortuin op te wachten met de winterjas om de schouders geslagen en een shawl om haar hoofd. De koffie die ze later serveerde smaakte alsof ze hem lang van tevoren had gezet, en op tafel stond gebak. Toch was de ontvangst merkwaardig geweest. Ik zag hoe ze tuurde toen het autootje haar straat indraaide, en hoe ze aarzelend de hand opstak. Daarna liep ze naar binnen en sloot de deur achter zich.

'Ga je niet achterom?' vroeg ik even later toen Raya in de richting van de gesloten voordeur liep.

'Nou nee, het is toch niet mijn huis?'

Ze drukte op de bel en haar moeder opende de deur alsof ze niet zojuist in de tuin had staan zwaaien. Haar jas en shawl hingen op de kapstok, de lippenstift die ze droeg was vers opgebracht. Ze gaf Raya een hand en twee zoenen, daarna snelde ze de keuken in om de meegebrachte bloemen in een vaas te zetten. Er was tot dusver geen woord gesproken, anders dan 'zo', (de moeder) en een weifelend 'ja' (de dochter). Ik kreeg geen woord over mijn lippen. Ze had me geen hand toegestoken, uit louter onhandigheid schatte ik in, maar wel naar me gekeken.

'Je woont nog alleen, Annetje?' vroeg de moeder nogmaals in de richting van het zwijgzame wezen tegenover haar. Raya leek in de voorgaande vijf minuten twintig jaar in de tijd terug te zijn gezakt. Ze zat erbij als een halsstarrig kind dat niet goed wist of ze moest hengelen naar de liefde van haar moeder of wilde krijsen van afkeer.

Ik deed een poging. 'Raya heeft haar huis te koop gezet. We zoeken iets met een tuin. Voor ons beiden.'

'Leuk. Voor de kinderen!' Gonnie veerde op. Visioenen van grootmoederschap wervelden in haar ogen. Wat moet zij zich vervelen, dacht ik, alleen in dit huis in dit van god verlaten stadje.

'Jezus ma, we zijn alleen maar getrouwd!' Raya reageerde als door een wesp gestoken.

'Ja, waarom eigenlijk?' vroeg haar moeder.

Het kwam mij niet voor als een domme vraag. Voor zover ik het had begrepen was Raya altijd erg gesteld geweest op haar zelfstandigheid. Vanuit het perspectief van een moeder kon ik me de behoefte aan toelichting wel indenken. Raya stond op van haar poef en keek de tuin in, waar de toverhazelaar voorzichtig in bloei stond.

'Ik kwam je Gideon laten zien, ma. Misschien vind je het leuk om hem te leren kennen.'

(Ik zie een kind in de deuropening van de keuken. Haar moeder staat aan het aanrecht en schilt aardappelen. Het mesje krast over de klei die aan de aardappelen kleeft; plons, plons, doen ze in de pan met water die in de gootsteen staat. Buiten regent het zacht, het wordt al donker. Het meisje heeft aan de eetkamertafel een tekening gemaakt. Nu staat ze bij de keukendeur, nog niet opgemerkt door de moeder die in beslag wordt genomen door haar eigen gedachten.

'Mama,' zegt het meisje voorzichtig, 'ik heb een tekening gemaakt. Vind je het leuk om 'm te zien?'

Ze houdt het papier omhoog. De moeder draait haar gezicht een kwartslag, terwijl haar handen verder schillen.

'Ja,' zegt ze, en ze draait haar hoofd terug.)

Raya draaide zich om van het raam. 'We gaan.'

Ze leegde het koffiekopje en liep naar de deur. De taartjes stonden onaangeroerd op tafel. Ik keek naar de moeder en zag een glimlach om haar mond verschijnen. Met verbazing had ik deze vrouwen gadegeslagen, die op het oog niets gemeen hadden behalve het spel dat ze speelden. De mooie, donkere, rusteloze Raya en Gondrina Slik, zwaarlijvig, grijs en berustend in haar driezitsbank. Was dit wijsheid of wreedheid? Wat was dit voor een moeder?

Misschien was dit wat het is tussen moeder en dochter, altijd en overal: dat je elkaar zo nabij bent dat het jeukt en hindert.

Bij de deur keek ik nog even om. Gonnie Slik zat op de bank en keek voor zich uit. Een echo van haar glimlach lag om haar mond bestorven. Haar handen rustten in haar schoot.

Oude, meedogenloze handen.

Het was me duidelijk dat Raya Mira haar dochter moest zijn.

We stonden op de dijk en keken uit over het wad. Mijn geman-keerde Mamiya draaide ik afwisselend naar het water en naar het land achter de dijk waarop wij stonden. Ik boog me over de camera, die me een perspectief beloofde waarvan ik wist dat hij zich er niet aan kon houden.

'Is het drooggevallen zee of ondergelopen land?'

Ik verwachtte geen antwoord en drukte af op het water dat door het land werd weggedrukt. De vloed week voor de eb. Van verderop klonk Raya's stem: 'Als met water zelf, met de gedach-te spelen dat je ooit en eindelijk zult weten wat het is. Het is re-gen geweest, een rivier, een zee – hier was het, hier heb ik het gezien – en zie ik water en weet niet wat het is.'

'Wat is dat?' vroeg ik.

'Rutger Kopland,' antwoordde ze.

'De naam past wonderwel,' merkte ik op. 'Hier staan we: aan de kop van het land, aan de rand van de zee. Land op z'n kop.'

'Je kunt het beter liefhebben, dan bestrijden totdat je erbij neervalt.' Ze draaide zich naar het land. Achter de dijk stond het water hoog in de sloten, in de verte rees de tweede dijk op. Daar-achter de kerktorens op de wierden.

'Is dat het water,' vroeg ik, 'of je moeder?'

'Dat is ze lang geweest: *met de gedachte spelen dat je ooit en einde-lijk zult weten wat het is.* Ik weet het niet, ik kom er denk ik ook niet meer achter. Ik ben haar dochter, en daarmee is alles ge-zegd.'

'Je bent nog geen moeder. Dat maakt ook verschil.'

'Dat maakt ook verschil,' beaamde ze. 'Drooggevallen zee of ondergelopen land, het is van twee werelden één. Voorlopig sta ik op de dijk en houd m'n voeten liever droog.'

Terug in de auto dacht ik aan de droom van het ei, aan het nieuwbouwwijkje, het hoge land, en aan haar moeder. Ik dacht aan mijn vrouw en keek voorzichtig opzij, want daar zat ook Annetje, tegen wil en dank: mooi als een Spaanse, stug als een Groningse, mijn zwijgzame leugenaarster.

'Wat was de bestemming, Raya? Waar fietste je naar toe, met die koekenpan en het ei?'

'Kijk liefste, dat is de vraag waarop ik heb gewacht.'

9

•

We trouwden in het najaar van 1990, drie maanden na onze ontmoeting ten huize van Christiaan Winkler. Kort daarna vond ze een huisje aan de rand van de binnenstad. Het was niet groot, maar had een tuin. Haar duinhuis werd verkocht, ik zegde de huur op van mijn bovenwoning en we betrokken het huis dat van ons beiden was.

Het werd winter, en Raya was zwanger van onze dochter.

Het paarse jurkje ging niet de prullenbak in. Raya kroop achter de naaimachine en maakte er twee jurkjes van, een voor de zomer en een voor de winter. Ze wist zeker dat het een meisje zou worden. Het winterjurkje kreeg mouwtjes, aan het zomerjurkje borduurde ze de linten van haar bruidsboeket.

Raya nam ontslag bij *Visserij Belangen*, het tijdschrift dat haar in de voorgaande jaren van een inkomen had voorzien. Het werk dat ik maakte met mijn Mamiya vond in toenemende mate aftrek, zodat we besloten voorlopig daarvan te leven.

Op 31 augustus 1991 werd onze dochter geboren, Lizzy Mira Salomon, vier weken te vroeg, tijdens een zomerse orkaan. Raya trok zich nog verder terug en schreef korte verhalen voor literaire tijdschriften die doorgaans een kort leven beschoren waren. Maar echt doorbreken deed ze niet. Voor het geld schreef ze af en toe een reportage voor haar vissersblad, wat haar tevens het gevoel gaf niet volledig buiten de wereld te staan. Even overwoog ze een verkorte lerarenopleiding te gaan volgen, maar na enig veldonderzoek op middelbare scholen zag ze hiervan af.

Gonnie Slik hebben we nadien niet meer gezien. Ze stuurde ons een kaartje met kerst, en na de geboorte van onze dochter stond Van Gend & Loos voor de deur met Raya's vroegere kinderledikant, en met in vloeipapier gevouwen, geborduurde lakentjes. Ook zat er het plakboek bij van Annetje Slik, waaraan Raya de eerste zeven jaren van haar jeugd ontleende.

Bij de zending troffen we een krat stekken aan. Wat het was wisten we niet, maar het had takken en wortels en blaadjes. Bij ons bezoek aan haar moeder was het Raya opgevallen hoe oud de krentenboom geworden was; ze hoopte op een jonge loot. Het bleek rododendron te zijn. Niettemin omringde Raya de prille aanplant met grote zorg.

2

●

Voelen

10

•

Wanneer wordt een gebeurtenis een herinnering? Wanneer de herinnering een verhaal?

Ik herinner me ieder detail van haar dood, en weinig van haar leven. We zijn daarin gemakzuchtig, om niet te zeggen hoogmoedig, om ons niet zorgvuldig in te prenten wat ons dierbaar is. Maar je gaat je niet iets herinneren waarvan je verwacht dat het morgen weer gebeurt: hoeveel boterhammen ze at bij het ontbijt, wat haar lievelingsjurk was.

Met welke hand duimde ze, links of rechts? Kon ze eigenlijk al lezen? Hoe heetten de zeven knuffels die altijd bij haar sliepen?

Ze lachte veel – dat wil ik me althans herinneren –, maar lachte ze ook veel? Of herinner ik me haar slappe lach tijdens het tandenpoetsen omdat die juist bijzonder was, omdat ze, door de bank genomen, een serieus meisje was?

Ze had groene ogen, en Raya's zwarte haar. Ze had haar eerste tand gewisseld. Ze deed aan gymnastiek. Ze zat altijd onder de blauwe plekken, en vuil had op haar een ongekende aantrekkingskracht. Ze hield van schilderen, meer dan van tekenen. Ze had een hekel aan nagels knippen, maar het borstelen van haar haar kon niet lang genoeg duren. Ze was, ook in de ogen van anderen, een mooi kind om te zien. Dat bevestigen de foto's – en daarvan maakte ik er niet genoeg.

Hoeveel foto's hebben we van Lizzy, huis-, tuin- en keukenkiekjes van tijdens het douchen of het voorlezen of de openbare lessen bij gym? Ik heb niet goed genoeg gekeken op die onbewaakte momenten, anders had ik moeten zien dat dat de belangrijkste portretten zouden zijn: details van een leven dat heeft bestaan, maar waarvan het belang me ontging.

Haar gezicht, dat kan ik me herinneren. Maar het leven is me ontglipt, nog voordat het voorbij was.

Ik weet nog hoe het rook op de ochtend van 31 augustus 1996, de vijfde verjaardag van onze dochter, Lizzy Mira Salomon. We hadden deuren en ramen die nacht gesloten omdat er storm was voorspeld. We hoorden het op de radio waarnaar we in bed hadden geluisterd, en stonden alsnog op om maatregelen te treffen. Het regende nog niet, maar de atmosfeer was verpletterend geweest die dag, en de wind rukte al aan de kozijnen.

Het huis was versierd met ballonnen en guirlandes. Op het aanrecht stond het Wener gebak te koelen dat ik die avond had gemaakt. Morgen zou ik daarmee haar verjaardagstaart bouwen: laag om laag met gele room en heel veel aardbeien met suiker.

Lizzy hield van aardbeien met suiker. Dat weet ik nog.

Ik weet dat Raya naar buiten liep om de tuinstoelen onder het afdak te plaatsen. Ik weet dat ik de kamer binnenging waarin mijn dochter lag te slapen, dat ik controleerde of het raam vergrendeld was, dat ik daarna haar blote rug toedekte met het witte laken.

Ik weet dat zelfs ons slaapkamerraam, dat doorgaans wagenwijd openstaat, op het kleinste haakje ging. De waarschuwing van de weerman was expliciet geweest, de storm zou met orkaankracht over het land gaan.

Ik weet dat ik de deur naar de gang sloot.

Ik weet dat we daarna zijn gaan slapen.

Toen ik die ochtend wakker werd was het huis warm en benauwd en er hing een doordringende, zoete geur. Ik opende ons slaapkamerraam, maar dat bracht geen verlichting. Op de gang raakte ik gealarmeerd, de vreemde geur was er zo nadrukkelijk dat ik hapte naar lucht. Toch liep ik door naar de keuken en opende de deur naar de tuin. Het groen had zich gehandhaafd in de nacht, ik weet nog dat ik verbaasd was dat de tuin zich staande had gehouden. Ik weet niet meer wat ik verwachtte: dat de tuin zou zijn veranderd in een slagveld van modder en losgerukte stammen? Dat het groen vergaan zou zijn in een stortvloed van natuurgeweld? De lucht was helder en fris in mijn neus na een bedompte nacht vol onrustige waakzaamheid.

Ik weet dat ik daarna de ketel op het vuur heb gezet, dat ik de geur van de wellende koffie opsnoof, en dat ik niet wilde achterhalen vanwaar die onheilspellende geur kwam, die zo hardnekkig in huis bleef hangen.

Ik weet dat het me verwonderde dat Raya niet was opgestaan. Het was vroeg in de ochtend, toch stond haar koffiemok nog ondersteboven in het afdruiprek; was de stoel op de veranda nat van de regen die onder het afdak was geslagen. Het huis was onaangeroerd als na een lang verblijf elders. Oude lucht.

Ik weet dat ik ten slotte met een kop hete koffie in mijn hand naar Lizzy's kamer ging. De deur van haar kamer stond aangeleund, haar gymschoen tussen deur en deurpost geklemd om volledige dichtslag te voorkomen – een probaat middel, zo wisten we uit ervaring, tegen nachtmerries en nare gedachten. Terwijl ik met mijn schouder de deur openduwde, voorzichtig om geen koffie te morsen, gleed mijn hand over het lichtknopje naast de deurpost om het ganglicht te doven. Het was al uit. Raya moet ongemerkt zijn opgestaan want het ganglicht, is de belofte aan onze dochter, blijft branden totdat we alle drie wakker zijn.

Haar kamer is gehuld in het blauwe schijnsel van de vroege ochtend. Het licht dringt voorzichtig door de organza gordijnen, de witte lakens lichten op onder het raamkozijn. In een hoek van het bed zit Raya. Ze leunt tegen de muur. De lange zwarte haren hangen sluik langs een doodsbleek gezicht, haar ochtendjas hangt open en op haar schoot, tegen haar ontblote borsten, ligt Lizzy. Ze is gewikkeld in een laken, als een te grote baby, als een te kleine Christus, één bleek voetje zichtbaar, het andere verscholen in het linnen.

Ze zaten daar als de volmaakte *Pietà*, zoals Michelangelo het moet hebben gezien: een vrouw, wanhopig noch gelaten, vol overgave een kind vasthoudend dat ze al heeft losgelaten, terwijl ze het lichaam aan haar borst koestert.

Ik wist: ze is dood.

Lizzy's huid oogde als marmer, al was ze niet koud. Ik streelde de kleine zwarte haren op haar onderarm en probeerde me voor de geest te halen of Michelangelo daaraan wel had gedacht: aan de haren op de onderarmen die gealarmeerd overeind komen, zelfs op een marmeren huid.

'Heeft ze gepoept?'

Ik wist niet wat te zeggen. Ik wist dat het me gerust zou stellen om te weten vanwaar de geur kwam die me het voorgaande kwartier had verstoord. Ik voelde dat in de verklaring ervan het antwoord besloten lag op de vraag die ik niet stellen kon.

Ik vlijde me naast Raya op het bed. Het laken waarin Lizzy gewikkeld was bleek doordrenkt met excrementen en ik rook de onwerkelijke geur van een leeggelopen kinderlichaam; een geur die nu ineens niet alarmerend, niet hinderlijk, niet smerig was maar teder en dierbaar. Het was het laatste ruikbare, zichtbare, tastbare dat mijn dochter voor ons had achtergelaten.

Opnieuw keek ik naar het voetje dat levenloos bungelde tussen laken en bed. Het was licht en doorschijnend en volmaakt. Haar kleine teen leunde driehoekig in volkomen harmonie tegen de tweede teen aan, waarin een kuiltje zat om plaats te maken voor de derde, en zo verder, knus tegen elkaar aangeschurkt, tot aan de grote teen. Het voetbed was strak en zacht, omringd door een ruw randje eelt dat doorliep tot aan het hielbot. De nagel van haar grote teen leek gescheurd en naar binnen gekromd. Haar voeten getuigden van een leven, ze hadden haar gedragen, vijf jaar lang. Op vleugels was ze gegaan, en toch had ze eelt gekregen. Als een echt mensenkind.

De voet van de *Pietà* is door het vele aanraken vervaagd, de tenen eraf gewreven, gestreeld door duizenden voorbijgangers in de hoop daaruit geloof te putten, liefde, hoop – wat het ook moge zijn dat wij in ons aardse bestaan tekort menen te komen.

Ik keek naar de voeten van mijn dochter. Ze waren volmaakt. De tenen en de nagels en de huid zaten er nog aan. Ik had haar bij leven niet voldoende gestreeld. Ik nam het voetje in mijn hand en begon te strelen. Ik moest het strelen totdat het uit elkaar zou vallen. Totdat het zou vervagen. Totdat het zou glanzen. Totdat het warm zou worden.

11

•

'We vertellen onszelf leugens van onsterfelijkheid, want je kunt niet leven zonder de zekerheid van de dag van morgen, zelfs al weet je dat het een gokje is, een mazzel, als ook die dag weer aanbreekt. We vertellen onszelf leugens van onsterfelijkheid want zonder dat zou er geen liefde zijn, geen wetenschap, geen voortplanting, geen oorlog. De dood mag dan de drijvende kracht zijn, zonder de illusie van onsterfelijkheid staan we met lege handen in dit leven. Nee: niet de onsterfelijkheid is de ware leugen, maar de overtuiging dat wij daarin een rol zouden kunnen spelen.

Dat we iets in de pap te brokkelen hebben.

Dat het leven van ons zou kunnen zijn.'

Het was zaterdagavond, 30 augustus 1991. Raya lag te slapen in het bed dat uit voorzorg op de klossen stond. De geboorte van het kind was formeel nog lang niet aanstaande (het was uitgerekend op 25 september, nog vier weken te gaan) maar Raya had die avond aangekondigd dat het een zondagskind zou worden – en wel morgen. Haar bekken begon te wijken, zei ze, ze kon het niet langer binnenhouden.

Ze had aan tafel zitten schrijven, wijdbeens, een kussen in haar rug, met in haar hand een glas rode wijn en op tafel een kop groene thee om de alcohol te verdunnen. Ze hoopte er maar het beste van, dat deed ze al acht maanden.

Toen ze opkeek van haar schrift zag ik een verandering in

haar gezicht, subtiel maar onmiskenbaar. Eerst was ik opgetogen: onder mijn ogen voltrekt zich een wonder, ik zie een moeder geboren worden! Maar ik hernam mezelf, het was iets anders: ik zag mijn Raya Mira verglijden naar een universum dat mij vreemd was. Zo zou iemand eruit kunnen zien die stervende is, schoot het door me heen. Achteraf was die gedachte misschien waarachtiger dan ik op dat moment durfde te bekennen: mijn vrouw was stervende, in haar werd een mens geboren met een wanhopige verantwoordelijkheid waarvan ik geen weet kon hebben.

Ze scheurde de pagina die ze zojuist had geschreven uit haar schrift.

'Voor jou,' zei ze, terwijl ze me het papier aanreikte.

Ik las met een groeiende verontrusting wat er geschreven stond. Het leek me niet iets wat een aanstaande moeder zou moeten bezighouden aan de vooravond van de geboorte van haar kind.

'En de geboorte van een kind is misschien wel de grootste leugen,' zei ze toen ik opkeek van het papier. Ze vlijde zich tegen me aan op de bank. Haar buik was gespannen als een skippybal.

'Laten we het eerst maar even afwachten,' grapte ik voorzichtig.

'Ik wil erbij blijven, Gideon, voordat het me overvalt.'

Ze was weer opgestaan en keek door het raam van de serre in de donkere nacht. Mijn blauwe overhemd dat ze droeg trok een welvende diagonaal over haar borsten en haar buik. Het is een eeuwenoud silhouet, het grootste cliché denkbaar: het beeld van de hoogzwangere vrouw gespiegeld tegen een zwarte achtergrond. Niettemin moest ik de aandrang onderdrukken om naar mijn camera te grijpen. Het is mijn manier om erbij te blijven, denk ik.

'Waar ben je bang voor meisje?'

Het antwoord bleef lang uit. Ik was gewend geraakt aan haar stiltes, ze hadden zelfs iets geruststellends gekregen. De kans op een leugen nam ermee af.

'Een kind krijgen –,' begon ze voorzichtig, 'nee: een kind maken is een uiterste poging om onze sterfelijkheid te bezweren. We nemen een loopje met de tijd, met het verval, met de vergankelijkheid door onze genen in nieuw vlees te implanteren. Maar onze eigen dood komt erdoor juist naderbij.'

'Waar wil je bij blijven, Raya? Morgen ga je bevallen, zeg je. Is dat voor nu niet genoeg?'

'De pijn van de geboorte, ik geloof niet dat ik daartegen opzie. De halve wereld heeft het doorgemaakt en de meesten hebben het doorstaan ten slotte. Maar die confrontatie met je onvermogen, Gideon, als morgen dat kleine schepsel in je armen ligt...'

Daarna was het heel erg lang stil gebleven. Een enorme triestheid was over me gekomen omdat het tot me doordrong dat de waterscheiding een feit was. De herinnering die we samen zouden schrijven – de enige huwelijkse voorwaarde die ik had gesteld: lieg niet tegen mij! – was ten einde. En verdomd: aan die breuk lag een leugen ten grondslag, alleen een die we geen van beiden hadden voorzien.

Raya wees naar de wieg die weggestopt stond achter de dozen in de serre: 'De tragedie van het menselijk tekort, lieve Gideon, ligt daar morgen te spartelen.'

Toen ze in bed lag ben ik op de bank gaan zitten. Ik schonk mezelf een groot glas wijn in en stak, geheel tegen mijn gewoonte, een sigaret op. Ik heb gehuild en geschreeuwd totdat ik geen stem meer over had. Morgen mocht zij zich tierend en brullend een weg banen naar het moederschap, voor mij was de bevalling die avond begonnen.

•

Het is klein, veel kleiner dan ik dacht dat een kind zou zijn. Ik kan haar in mijn handpalm leggen, dan reiken de voetjes nog niet tot m'n elleboog. Ze houdt haar ogen gesloten, ik wil weten of ze bruin zijn of blauw maar ik zie slechts een dun velletje, niet groter dan de nagel van mijn pink, zacht trillend over de oogbol gespannen. Haar haren zijn donker en lang, een streep zwart dons trekt over de rug tot aan het stuitje. Aan het einde ervan, in het kuiltje vlak boven de billen, verzamelt het dons zich tot een kwastje, een pluis. Zou ze een staartje krijgen? Zou ze dat pluis voor altijd houden, onder aan haar ruggengraat, in dat kuiltje boven de billen, als aandenken aan haar foetale bestaan?

Raya heeft geen pluis onder aan haar rug. Ze heeft wel kuiltjes in haar billen. Misschien krijgt het meisje ook kuiltjes in haar billen, misschien wordt ze blond. Misschien heeft ze blauwe ogen, zoals ik, of bruin, zoals Raya. Hoe zat dat met die ogen? Ik heb het wel gehad met biologie, iets met xx en yx en dan worden ze blauw – of juist andersom.

De kraamzuster heeft haar in linnen gewikkeld. Ik vroeg: is dat nu bakeren? Ze ziet eruit als een versgebakken brood, van kop tot kont in katoenen luiers gevouwen, alleen het snoetje piept onder een capuchonnetje door. Haar rimpelige vel is schoongewreven, de kleine handen ogen als die van een stervende vrouw, doorschijnend, de aderen zichtbaar. Ik denk: als ik het handje tegen het licht houd kan ik de botten zien, een röntgenfoto maken. Ik voel dat er botjes zijn, luciferhoutjes, met knoopjes aan elkaar verbonden. Aan het einde van iedere vinger zit een zwavelkopje, lichtroze, bijna wit. Aan het einde van ieder teentje zit er ook een, nog kleiner lijkt het, maar onmiskenbaar.

'Doe het raam maar dicht,' zeg ik tegen de zuster. Ze is gewogen en te licht bevonden en als ik naar haar kijk denk ik: die waait zo het raam weer uit. Het hevige onweer van de voorgaande nacht is geweken, buiten schijnt de zon meedogenloos, de ramen staan tegen elkaar open maar de warme lucht staat als een huis tussen de vier muren van de kamer. Vier weken te vroeg, te klein, te licht en toch: volkomen. Met zwart haar en oogleden en nageltjes en botjes en een wond die nog navel moet worden.

Ze mag blijven, ze is sterk genoeg. En buiten is het warm.

Raya's grote, lege buik ligt als een gestrande walvis naast haar op het bed. Ze heeft zich op haar zij gedraaid, het kind drinkt aan de borst. Het grote lichaam heeft afgedaan, het kleine lichaam is nog niet klaar om het leven te dragen. Voorlopig zijn ze tot elkaar veroordeeld.

Ik zwaai een schoon, wit laken over hen heen, de geur van Omo hangt door het hele huis, de wasmachine draait op volle toeren. In de keuken reddert een kraamzuster met aardbeien en slagroom en zet koffie voor de huisarts, die weldra langs zal komen. De vroedvrouw en haar assistent praten zacht met Raya, over tepelkloof en stuwing en hechtingen en over de kleur van babypoep, die eerst groen zal zijn en daarna geel tot mosterd.

'De hele baarmoederwand is een wond, Raya, de placenta heeft zich van je losgescheurd. Maar de bloeding is rood en helder, dat is een goed teken.'

Bloed en melk en poep en Omo en aardbeien met slagroom.

'Kan ik even weg?'

Ik weet niet tot wie ik de vraag richt. En waarom voel ik de aandrang om het te vragen? Allerwegen zie ik een vaag knikken, de vrouwen hebben iets anders aan hun hoofd.

Ik trek de deur achter me dicht.

Wat ik verwacht had weet ik niet, maar niet dit: dat de dag er een was zoals alle andere. Verweesd loop ik door de straat waar ik gisteren liep, en eergisteren, langs de huizen en de tuinen waarlangs ik dag in dag uit loop om een brief te posten of een boodschap te doen. De bomen staan erbij als altijd, de bladeren slaan door naar bruin, net als gisteren, al is er veel blad gevallen in de afgelopen nacht. Ik kijk naar de gezichten van mensen die me passeren. Het verwondert me dat ze niks aan me zien, geen blik van herkenning: Hé, jij bent zojuist zeker vader geworden! We lopen als altijd aan elkaar voorbij.

Ik moet me deze grond opnieuw eigen maken. Ik moet me mezelf opnieuw eigen maken. Ik heb een dochter. Mijn vrouw is moeder geworden. En ik ben nu vader.

•

'Lizzy is haar naam, Lizzy Mira Salomon.'

Ze droeg het paarse jurkje dat Raya had genaaid, de lange linten van het bruidsboeket driemaal om haar middel gewikkeld. Haar zwarte haren waren uitgevallen. Vijf weken was ze, klein en kaal. Haar ogen neigden naar donker, maar zeker was dat niet: Lizzy sliep de uren weg die ze in de buik tekortgekomen was.

Die avond was het feest. Er moest gedronken worden, het kind had de eerste weken van het leven doorstaan en Raya stopte de borstvoeding.

We nodigden onze vrienden uit en stelden het kind aan hen voor. Met gevoel voor dramatiek kwam Raya de kamer binnen, het kind in de armen, stralend als een Mariabeeld. Ze zag er prachtig uit, mijn Raya Mira, in haar witte kanten jurk, trots dat haar blubberbuik in een maand tijd teruggedrongen was, trots op de reusachtige borsten in haar decolleté. Voor even verbleekten de donkere kringen onder haar ogen en bleven de kloven in haar handen onzichtbaar. Voor even omringde ze zich met haar eigen geuren van lak en rook en schoongewassen kleren. Ons kindje kreeg een naam, een eigen plaats in dit leven, en Raya en ik hernamen onszelf in de vertrouwdheid van onze vriendenkring.

Jelle was er en had zijn nieuwe vriendin meegenomen. Ze stelde zich voor als Birgit Bijvoet, voedingsdeskundige, ze had rossig haar, net als Jelle, en een sproetige kop. Onwillekeurig zag ik voor me hoe hun kind eruit zou zien, met een huid die gemakkelijk bloosde, en een bril met net iets te dikke glazen.

Dat krijg je, als je vader geworden bent, daar ga je dan op letten.

In de hoek van de kamer stonden mijn broers, stug als boeren, met een biertje in de hand. Ik liep op hen af.

'Zou je me niet vragen hoe het is om vader te worden?'

Ze hadden het me nooit gevraagd hoe het is om een kind te krijgen. Mijn broers niet, mijn vader niet, zelfs niet mijn vrienden. Natuurlijk vroegen ze me niets, zolang de kwestie zich niet aandient is het een zaak zonder enig belang. Toen ik nog tot hun soort behoorde had ik ook geen oog voor die lieden die met hun hippe buggy stond te klungelen bij de bus omdat het ding niet met kind en al door de klapdeuren paste. Ik had ernaar gekeken als naar de mandrillen in de dierentuin: een diersoort die niet is te benijden om wat de schepping hem heeft aangedaan.

Maar nu was er iets veranderd. Ik was overgegaan tot het gilde der mandrillen. De eenzaamheid sloeg me om het hart.

'Wat zou je zeggen als ik het vroeg?' grijnsde Herman. Hij was inmiddels doorgeschoven naar een volgend gilde, dat van de weekendvader. Soms een neukertje, soms een blijvertje in zijn bed dat nooit langer bleef dan een ontbijtje of twee. Ik geloofde dat hij zich wel amuseerde.

'Herinner je je nog hoe het was,' vroeg ik, 'die eerste weken met je kind?'

Herman had in zijn leven niet zo hard gewerkt als toen, dat wist ik nog.

'Nee,' bekende hij, 'ik herinner het me niet en ik wil het me niet herinneren.'

Nieuwsgierigheid. Als iets mij aan het einde van de dag naar huis dreef, was dat het. Liefde was het niet, ik kende haar niet. Ze was me wezensvreemd. Thuis was me wezensvreemd geworden. Duizend redderende handen bestierden ons huis, de kraamzuster, vriendinnen, Raya's eigen bedrijvige handen. Ik was overbodig geworden. Ik had mijn werk gedaan. Duizend handen namen over, en toch kwam ik er niet van los. Mijn nieuwsgierigheid was te groot: naar de kleur van haar ogen en naar haar stem, naar haar voorkeuren in het leven, naar haar naam. Of de naam die wij dit meisje hadden toebedacht haar zou gaan passen als een oude winterjas waarvan je nooit meer afstand doet.

En dus kwam ik iedere dag terug naar huis, nieuwsgierig naar wat ze worden zou. Niet naar wat ze was.

Ik zei het tegen Herman. Hij was zo dronken dat geen woord ervan tot hem doordrong. Vriendelijk grijnsde hij naar de zeefdruk achter me aan de muur.

'Prolactine,' zei de vrouw naast me die kennelijk had meegeluisterd. Het was Birgit, de voedingsdeskundige.

Verbijstering kwam over me. 'Prolactine.' *I'm surrounded by idiots*, dacht ik.

Birgit lachte meewarig, alsof ze me wilde geruststellen met haar vondst. 'Het is een vrouwelijk hormoon dat de borstvoeding opwekt. We weten uit onderzoek bij apen dat ook mannetjes het aanmaken tijdens de zwangerschap van hun wijfje. Dat verklaart waarom de meeste mannen op het nest blijven. Ook al zijn ze volslagen nutteloos,' voegde ze er lachend aan toe.

'Zijn ze zo nutteloos, de vaders?' vroeg ik haar.

'Zeker weten,' bromde Herman naast me. Ik wilde vragen wie hij in gedachten had: pa of zichzelf. Maar zijn grijns was alweer afgedwaald naar de boekenkast.

'In zekere zin zijn ze nutteloos, ja,' zei Birgit, en ze zocht de arm van Jelle.

Ik keek om naar Raya. Ze leunde tegen de serredeur en keek naar buiten. Oktober, de moesson was begonnen.

'Vermaak je je?'

Haar zwijgen verried twijfel.

'Vermaak je je niet?'

'Ach, ik weet niet wat ik ervan moet vinden.' Ze gebaarde de kamer in: 'Ik ben zo blij dat iedereen er is, maar ik ben er zelf niet bij.'

'Waar ben je dan?'

Ze knikte met haar hoofd opzij in de richting van de rommelkamer die kinderkamer geworden was.

'Maar is dat niet alles wat je bent vandaag? Big Mama!'

Ik nam haar in mijn armen. Ik voelde haar borsten weerstand bieden, ze waren het voeden nog niet ontwend, haar tepels zwollen op door de aanraking van mijn lichaam.

'Zijn vaders nutteloos?' vroeg ik, terwijl ik in haar haren snuffelde.

'Geen idee.' Het antwoord kwam net iets te snel. Ik zag dat ze schrok. 'Maar wat ik ben was me zonder jou niet gelukt.'

Ze gaf me een kus en draaide zich uit mijn omhelzing los. 'Kom, laten we charades spelen!'

Terwijl een groepje behoorlijk beschonken het woordspelletje speelde ('Garnaal!' 'Nee garen, draadgaren!' 'Gegadigde... *gaga*, dat is 'em!' 'Nee. Het is Gagarin.' 'Wat is *gagarin*?' 'Wie weet er nu wat gagarin is!' 'Dat telt niet, nee – deze telt niet mee.') liep ik naar buiten de nacht in. Een lichte nevel steeg op uit de zwarte aarde. Raya was begonnen de tuin 'winterklaar' te maken, ze wist weliswaar niet wat dat behelsde, maar had ergens gelezen dat het nodig was. Alle beplanting die ze niet meteen kon thuisbrengen verdween in de GFT-bak, het maakt niet uit, zei ze, er zal wel weer het nodige opkomen, bedoeld of onbedoeld.

De grond lag schoon en nutteloos de regen te absorberen, zacht klonk het tokkelen van de druppels die op de bladeren vielen, daar versmolten met andere druppels en zwaarder, groter, hun val vervolgden. De lage mist aan het einde van de tuin zweefde als moerasdamp boven het veen, als *witte wieven*, waarin heksen wonen en waarin de doden die in het veen verdwaald zijn geraakt, weer tot leven komen. Raya had verteld dat ze vroeger op het dorp niet uitgingen als de witte wieven boven het land hingen, die lokten je het veen in en je kwam nooit meer terug.

'Waar denk je aan?'

Ik schrok op van de zachte stem naast me.

'Witte wieven,' antwoordde ik, en ik had er meteen spijt van.

Het was Brechje die naast me stond, Raya's vriendin van vroeger, van toen ze net in de stad was aangekomen en bij het buurmeisje dat in hetzelfde studentenhuis woonde aanspraak vond. Brechje Kalma studeerde natuurkunde, en was een albino. Ze was melkwit zonder een spoor van sproet of blos, haar haar vlassig, haar wimpers, wenkbrauwen, alles wit. Ze droeg donkere contactlenzen en was zo goed als blind. In de nacht voelde ze zich op haar best, en zo hadden ze elkaar leren kennen: Raya had zich al wekenlang gestoord aan een huisgenoot die in het holst van de nacht eieren bakte in het keukenblok op de gang, en was op zekere avond haar kamer uitgestormd om van haar ergernis melding te maken. Daar stond Brechje, vertelde Raya later onder grote hilariteit, in een vormeloos nachthemd in het blauwe schijnsel van de gasvlam te rommelen met de pannen. Het licht in de keuken was uit (Brechje zag immers toch niks), en Raya zag slechts een oplichtende nachtpon met witte haren en rode ogen. Jezus! had Raya geroepen, je lijkt wel een heks.

Brechje was in lachen uitgebarsten en nodigde Raya voor een kop thee op haar kamer. Het was midden in de nacht, en ze werden vriendinnen. Ik mocht Brechje wel, ze was een goeie heks.

'Witte wieven, hè?' lachte ze. Ze sloeg een arm om me heen en fluisterde in mijn oor: 'Zal ik je wegleiden uit deze poel van jolijt? Meenemen naar het moeras waar alles warm en stil en rustig is? Kom, geef de heks een zoen.'

Ik legde mijn hoofd op haar schouder en keek achterom. Door de ruiten van de serredeur zag ik Raya fladderend in haar witte jurk een woord uitbeelden. De anderen keken peinzend, lachend, dronken gebarend in de richting van het zwarte venster. Ik zag ze woorden roepen naar Raya, die ongecontroleerd tegen de boekenkast vloog, de muur betastte en bij het schijnsel van de lamp stilhield.

Nachtvlinder, dacht ik.

'Wat zie je?' vroeg Brechje.

'*Mutter Courage und ihre Kinder.*'

'Brecht? Doet ze Brecht?'

'Nee, ze doet Raya.'

'Ze is mooi.'

'Ze heeft erg haar best gedaan.'

'Nee, ja, zij ook. Ik bedoel Lizzy. Ze is mooi.'

'Hoe weet jij dat nou, je ziet geen moer.'

Brechje had nooit een probleem gemaakt van haar handicap. Ze droeg ook geen bril omdat het weinig uitmaakte. Ze was zeer bedreven in braille.

'Haar vel voelt goed. En dat hoofd, de vorm van haar hoofdje is prachtig.'

Vanuit het huis klonk een hevig kabaal. Een bulderend gelach steeg op. Ik keek om. Op de grond zat Raya, ze bloedde aan haar hoofd, de Tiffany-lampenkap lag in scherven op haar schoot en ze had de slappe lach. Handen schoten te hulp. Brechje en ik liepen de keuken in.

'Wat is er gebeurd?'

'De nachtvlinder is gecrasht,' zei ik.

Door de deuropening van haar kamer hoorde ik een zacht jammeren klinken. Lizzy was wakker geworden van het lawaai. In de keuken stond Raya giechelend met haar hoofd onder de koude kraan. Een stroom rood water viel op de afwas die in de gootsteen stond. Brechjes witte handen rustten op haar schouders, Jelle zocht onder in het keukenkastje naar stoffer en blik. Ik trok de deur van de kinderkamer achter me dicht en keek naar de kleine pop die verdronk in het veel te grote bed. Ik ging naast haar liggen en streelde het hoofdje. Het heeft een mooie vorm, zei Brechje, maar wat is een mooie vorm? Het deed me denken aan een kweepeer, rond en donkerroze en taps toelopend aan de bovenzijde. Ze had een puntig voorhoofd. Haar kale schedel vertoonde in het midden een deuk, waar de fontanel bezig was zich te dichten. De mond was fijn en scherpgelijnd, als met een potlood ingetekend. De jukbeenderen stonden ver uit elkaar. Ze keek me aan, natte donkere ogen: donker maar kleurloos, met wallen eronder, net als haar moeder.

'Het is ook niet niks om aan het leven te wennen,' hield ik haar voor.

Ze nam mijn vinger in haar hand en hield die vast. Ik legde mijn neus in haar hals. Ze rook nog niet naar mens, ze rook naar zoete broodjes. Er kwam een grote, geluidloze gaap uit de tandeloze mond, ze zuchtte nog eens diep, en viel in slaap.

Hoe moet dit ooit goedkomen, dacht ik: zo'n kwetsbaar wezen en zo veel beren op haar weg? Als het de witte wieven niet zijn, dan zijn het wel de Johnnies en Mustafa's die haar straks komen halen. En wat moet ik? Wat kan ik doen in de tussentijd?

Slaap maar goed, Lizzy, dan word je gauw groot, en sterk, en dapper. Dan kan je papa ook weer rustig slapen. Dan is er morgen weer een nieuwe dag.

12

•

Er moet een dag geweest zijn waarop ik besloot van haar te gaan houden. Precies weet ik het niet meer, maar het zal tijdens een van de vele nachten geweest zijn, aan het begin van haar leven, dat ik naast haar op het bed lag en keek naar dat gezicht dat me zo eigen was, en nog zo onbekend. Ik verlangde ernaar waarlijk te kunnen schilderen of tekenen om dat meisje naar me toe te trekken; om het te bestuderen en me eigen te maken.

Ik kende haar niet, en ook de vader in mij was me een vreemde.

Raya beweerde dat in de zorg de opbouw van de liefde besloten lag, niet zozeer in dat eindeloze kijken. Maar dat vond ik wat al te gemakkelijk. Als je maar vaak genoeg baby's billetjes poetst volgt de tederheid vanzelf – het klonk als een luierreclame en het verbaasde me dat Raya erin trapte, die mythe van de ouderliefde.

'Het is geen mythe,' meende ze, 'het gaat op voor álles wat je onder handen neemt. De zorgvuldigheid, de toewijding is de voorwaarde voor het plezier dat je eraan beleeft.'

'En waar blijft de liefde dan?' vroeg de ongelovige.

'Die groeit onder je handen, dat komt wel, met de jaren.'

O, Raya kon zo stellig zijn.

Toen we ons installeerden in ons nieuwe huis besloot ze dat we een nieuwe vloer moesten leggen. Het parket van de vorige bewoners lag er weliswaar puik bij, maar het was háár vloer niet, beweerde ze. Ze wilde zich niet hechten aan een vloer waar de voetstappen van een ander leven waren ingesleten.

'Ben je niet een beetje bijgelovig?' Ik vond haar overtuiging ontroerend, maar ook behoorlijk kostbaar.

'Ik geef toe dat het wat omslachtig is,' zei ze met gevoel voor understatement, 'maar als ik dit niet belangrijk vind, wat dan wel?'

'Laten we eerst een paar emmers latex pakken,' opperde ik, 'daar knapt de boel al flink van op.'

Dat vond ook zij een goed idee en samen stonden we op onze vrije dagen het huis te verven – op waterbasis, ze was immers in verwachting. Ik ging ervan uit dat haar vloer na deze exercitie een stille dood zou sterven, maar niets was minder waar. Nog voordat de laatste streek verf was opgedroogd stapte ze op de fiets om de houthandelaren langs te gaan. Uiteindelijk keerde ze terug van een winterse tocht naar een industrieterrein ver buiten de stad en had een vloer gekocht. Het was een afgedankte steiger van de oude binnenschippershaven, veertig vierkante meter onverwoestbaar teak voor een geeltje per strekkende meter, op maat gezaagd.

Ze had een helse schuurmachine gehuurd bij de Bo-rent, en rubberen kniestukken. Ze zag er mallotig uit met haar groeiende buik schuifelend over de planken, een theedoek om haar hoofd geknoopt en oordoppen in. En toch moest ik haar gelijk geven: de vloer was mooi, en zij was mooi, mijn Raya Mira, zoals ze zich het zweet van het voorhoofd wiste.

'Ga jij maar tekeningen maken,' lachte ze me toe vanonder haar stofkapje, 'dit is míjn zelfportret.'

In een kindergezicht ligt een heel leven opgeslagen, alsof het DNA er al aan de oppervlakte komt en ontsluiert wat haar voorbestemming is. In de verhouding van de neus tot de oren, de belijning van de mond; in de boog van de wenkbrauw en de breedte van de kaak zou je de toekomst moeten kunnen lezen, zoals je de sterren leest door hun verhoudingen te bestuderen. Is ze sterk? Is ze slim? Wordt ze mooi? Kan ze zingen? Zal ze aan de liefde lijden? Blijft ze gezond? Ik wilde doorgronden in welke conjunctie de planeten op haar voorhoofd stonden. Avond aan avond keek ik naar het gezicht van mijn dochter, maar het verhaal wilde niet komen. Ik kan geen sterren lezen.

Ten slotte vermande ik me en nam schetsboek en houtskool ter hand. De eerste tekening die ik maakte was van een hoopje laken dat door zijn vorm verried dat eronder een kindje lag te slapen. Hoe verhoudt een model zich tot de maker? Was het niet verkapt het zelfportret dat ik beoefende: niet de dochter, maar de vader het object van mijn observaties?

Het laken durfde ik niet op te slaan. Ik was als de schooljongen die op de klassenavond steels het meisje bekijkt dat tegen de muur geleund staat; het moment van toenadering dat leidt tot de Eerste Kus zo lang mogelijk uitstellend omdat hij niet zeker weet of het tot die Kus zal komen.

Niet omdat zij niet wil, maar omdat hij de overtuiging mist.

Brechje was degene die mij op het spoor zette van de zoektocht waarvan ik me niet realiseerde dat die gaande was. Ze had me meegenomen op een winterse namiddag – Raya en Lizzy deden hun dutje – voor thee en beerenburg. Brechje kwam net als Raya uit het noorden, die ging beerenburg drinken zodra de lucht betrok en het eerste vlies van nachtvorst over het water trok. Het was een onwillekeurige aandrang, die weer verdween zodra het ijs ging smelten.

In ons nieuwe stadsdeel hadden we een goed café getroffen met de merkwaardige naam 'Snoerwang', waar het naar sigaren rook en waar de waan van moderne caféarchitectuur nog niet was doorgedrongen. Het was er rustig, de barvrouw draaide zachtjes de honderd beste smartlappen en keuvelde wat met een klant. Ik was blij dat Brechje er was. Jelle was in rook opgegaan sinds zijn ontmoeting met Birgit. Het was in het algemeen moeilijk, zo had ik ondervonden, om het vaderschap te delen met mijn vrienden. Want afgezien van trots en kletsverhalen over hoe schattig ze dit of dat wel niet kon lukte het me niet de essentie over te brengen van wat míj bezighield. Ik beklaagde mezelf dat niemand erbij stil leek te staan dat met het kind ook een vader geboren wordt.

'Maakt Raya het goed?' vroeg Brechje ietwat overbodig. Ze belden elkaar om de dag.

'Dat weet je zelf het beste, toch?'

Ze draaide met haar vinger putjes in het tafelkleed. 'Ik bedoel: hoe vind jij dat Raya het maakt?'

Ik wist niet wat ik ervan moest vinden (ik dacht aan mevrouw Ripperda, die ook altijd dat soort vragen had gesteld. Toen al kon ik er niet mee uit de voeten: hoe weet ik nou wat ik ervan vind?), dat was waarschijnlijk de reden waarom ze het vroeg.

Raya was ondergedompeld in de zorg voor het kindje. De borstvoeding was afgebouwd maar al het andere ging door: de hapjes en de wasjes en de flesjes en de dutjes. Ze deed het met grote ijver en efficiëntie, ik wist niet dat er zo'n huisvrouw in haar schuilging. Maar ik zag haar ook gelukzalig op de houten vloer liggen met Lizzy tegenover zich, balletjes rollen en belletjes rinkelen en wat je zoal doet met een baby. Ik benijdde haar om de vanzelfsprekendheid waarmee ze het leek te doen.

Dat is wat ik tegen Brechje zei.

'Iedereen kan zich er iets bij voorstellen, is het niet Gideon, wat een moeder bezielt om hersenverweekt op de grond te liggen en de hele dag *poelepoele* te doen. Zelfs zo'n slimmerik als Raya nemen we het niet kwalijk.'

'Dat is het,' beaamde ik, 'die nieuwe rol heeft ze omarmd en dat behoeft geen betoog. Goed voor het kind, goed voor de emotionele hechting, dat soort dingen. Ik voel me een volslagen imbeciel als ik langer dan een paar minuten lig te frummelen met Lizzy – hoe lief ik haar ook vind. Dan denk ik: kom, we gaan weer eens wat nuttigs doen.'

'Wat jouw verhouding is tot haar is je niet duidelijk?'

'Ik weet niet of het om Lizzy gaat. Of om Raya. De vrouwen sluiten de gelederen, dat valt me op, daar komt zo'n ongekende oerdrift bovendrijven om dat nieuwe leven voor rampspoed te behoeden. Alle vrouwen die zich om haar bed scharen, ook jij Brech!, worden volledig in beslag genomen door die jonge loot. Alsof het voortbestaan van de eigen soort ermee in het geding is.' Nu zat ik aan het tafelkleed te pulken. 'Voor zover ik ze ken,

– eigenlijk ken ik er niet zoveel – gaan mannen als een dolle aan het werk zodra hun eerste kind geboren is.'

'Beren jagen,' zei Brechje. Ze lachte erbij, maar ik dacht: verdomd. Dat is wat ik mis.

'Toen je moeder overleed,' vroeg ze boven onze tweede beerenburg, 'had je toen ook dat gevoel van verlatenheid?'

Ach, mijn lieve mam. Wat had ze graag dit kleinkind gezien! Maar ook zij, wist ik zeker, zou zich tussen de vrouwen scharen. Ze zou zich over de wieg buigen met haar rug naar me toe, zoals alle goede feeën doen.

Toen ze overleed was ik in diepe rouw gedompeld, maar het was er een van grote productiviteit. De dood van een moeder is zo concreet, het verdriet zo invoelbaar, dat het deelbaar is. En mededeelbaar. Ik vertelde Brechje van de foto's die ik had gemaakt naar aanleiding van haar geschreven nalatenschap. Dat ik daarmee niet alleen vorm gaf aan mijn verdriet om haar dood, maar ook een vorm vond om haar leven een plek te geven. Om haar leven te behoeden voor vergetelheid.

'Je bent je metaforen kwijt,' stelde ze vast.

'Welke metaforen?' Ik miste de connectie.

'Een metafoor is niets anders dan een omtrekkende beweging, waarmee je de kern benadert zonder die in al z'n rauwheid te benoemen. Die foto's van je moeder gaan over haar en over haar leven en haar geloof in wat waarheid is en gerechtigheid. Maar ze gaan vooral over de kwetsbaarheid van het leven zelf. Het gevaar is: als je dat soort woorden gebruikt ontdoe je ze van hun essentie. Het woord zelf banaliseert z'n eigen betekenis. Daar is een metafoor voor nodig.'

'Toe maar Brech, sinds wanneer ben je filosoof?' Er zat meer irritatie in mijn stem dan ik bedoeld had. 'Kom, nemen we er nog een?'

Ik stond op om naar de toog te lopen. Ze liet zich niet van de wijs brengen.

'Hé Gideon, je bent niet gek. In zekere zin heeft Raya gelijk als ze zegt dat dat kijken van jou je niet verder brengt. Het gaat niet om dat meisje, het gaat erom wat jij ermee doet. Niet als vader, maar als mens. Vergeet even dat je vader bent en kijk dan opnieuw.'

'We moeten het wel van de vrouwen hebben,' verzuchtte ik, en ik liep weg.

'Je gunt jezelf ook geen tijd om na te denken, Gideon!' riep ze me na. 'Je zoekt naar de oplossing nog voordat je bedacht hebt wat het probleem is.'

We namen nog een beerenburg en nog een – de thee was reeds lang afgevallen – en zongen mee met de honderd beste smartlappen.

'Moeten we niet eens op huis aan?' lalde ik Brechje in haar oor, en ze lachte.

'Waarom? Om Raya te redden?'

We liepen met een grote omweg langs het water in de richting van haar huis, mijn arm om haar heen geslagen, kleine wolkjes warme lucht uit onze monden. De warmte van beerenburg en verbondenheid stroomde door mijn dronken lijf.

'Dat is ook zoiets wat mannen doen als ze een kind krijgen,' zei ze toen we samen voor haar kachel lagen met blote voeten en warme cognac, 'die gaan vreemd omdat ze verder nutteloos zijn.'

'Zijn ze zo nutteloos?'

Ik schrok van mijn woorden, dit was de derde keer dat ik deze vraag stelde. Waren de voorgaande antwoorden onbevredigend geweest, of kon ik er niet in geloven?

'Voor mij zijn ze zeker van weinig nut,' lachte Brechje.

'Wil je geen kinderen?' vroeg ik haar, en ik streelde haar buik onder haar trui.

'Een nest blinde heksjes met rode ogen? Die verbranden zodra de zon opkomt? Bespaar me de lol.'

'Jezus Brech, sorry.'

Ik had er geen moment bij stilgestaan dat dat bij haar een rol zou spelen. Haar huid zag er inderdaad uit of ze nog nooit de zon had gezien.

'Mag ik je borsten zien?'

Ik ontdeed haar van haar trui en van het t-shirt dat eronder zat en streelde haar borsten. Het haar onder haar oksel was zacht en wit. Ik kuste haar tepels. Ze waren hard en beschikbaar voor mij. Mijn hand ging over haar buik omlaag, langs witte wolkjes krulhaar en ik voelde de damp opstijgen uit haar lichaam. Ze opende zich voor mijn vingers. Mijn voet krulde zich in de hare, haar hand nam me beet, ik ontdeed me van mijn broek, ze draaide de kachel hoger, ik goot cognac in het holletje van haar hals, tussen haar borsten, in haar navel en verder omlaag en volgde met mijn tong het stroompje dat zich vermengde met haar vocht.

Beren jagen.

'Ga je niet weg?' fluisterde Brechje toen ik bij haar naar binnen ging.

Ik stootte en trok me terug om haar verlangen te zien groeien, haar mond ging open en dicht als een vogelbekje.

'Jawel,' fluisterde ik, 'nog voordat de zon opkomt.'

Ik wist wat ik deed. Ik was geen schooljongen. Ik was een man.

(Het is de impressie van een gezicht wat indruk maakt, niet de weergave ervan. Het is zoals een kinderportret van Picasso zich verhoudt tot dat van de schoolfotograaf. In de foto herkent alleen de moeder de gelaagdheid. Picasso schilderde dan ook geen kind – en zeker niet het eigen, al stonden ze wel model – maar een icoon, die met het verstrijken van de tijd craquelé oploopt. Hij moet geweten hebben van de barsten en de haarscheuren en de subtiele maar onmiskenbare verkleuringen, die hem in de loop van de tijd zouden treffen. Dus nam hij er een voorschot op en schilderde in al die kindergezichten het leven dat hun te wachten stond.)

Voordat de zon opkwam was ik thuis. Ik had Brechje een kus gegeven en zei 'dankjewel'. Ze had geglimlacht en zei 'alsjeblieft', ze wist dat ze me een cadeautje had gegeven, eenmalig en onvervangbaar. Onderweg naar huis nam ik een kop koffie in het koffiehuis van de taxichauffeurs, het was halfvier in de nacht, de roes van de voorgaande uren loste op in het tl-licht dat genadeloos de formica tafels bescheen.

Zou ik Raya vertellen van mijn ontmoeting met Brechje? Zeker nu niet, overwoog ik, daarvoor is ze te kwetsbaar, te labiel, te *hormonaal* zoals ze zelf placht te zeggen. Ik meende ook dat het niets met haar te maken had. Ik worstelde met een ondeelbare vraag, die mijzelf en alleen mijzelf betrof. Ik hoefde haar er niet mee te vermoeien, en zeker niet te kwetsen.

Ik had haar even niets te zeggen.

Ik wilde naar Lizzy. Haar had ik iets te zeggen. Ik had haar iets te bieden.

Thuisgekomen ging ik naar Lizzy's kamer en sloeg het laken terug, waaronder ze lag te slapen. Ik draaide een lichtgevoelige film in mijn camera en plaatste hem op het statief naast haar bed. Voorzichtig nam ik de duim uit haar mond en legde haar beide handen op haar buik. Lizzy sliep als een roos.

Daar, dacht ik, ligt mijn dochter. Ik hoef me haar niet toe te eigenen, ze is de mijne: mijn genen, mijn bloed, mijn gedachten. Daar, dacht ik, ligt mijn model. Ik heb voor haar geen metaforen nodig, ze is haar eigen metafoor.

In de voorgaande uren had ik mezelf als man hervonden. Het drong nu langzaam tot me door dat ik vader geworden was. Ik drukte af voor de eerste foto. Raya had gelijk gehad: de liefde moest groeien onder m'n handen.

13

•

Het tempo waarin een leven een metamorfose kan ondergaan is onwaarschijnlijk. We zijn niet toegerust om het bij te benen, daardoor kan het gebeuren dat je op een ochtend wakker wordt en denkt: waar waren we in 's hemelsnaam gebleven?

Het achterstallig onderhoud stapelde zich op, niet alleen in de wasmand of in de la met de mappen Administratie & Belastingen, maar ook in het hoofd: dat je niet meer weet welke ingeving je de voorgaande avond hebt gehad die je voornemens was te onthouden; dat je ontgaan is of dat briljante idee van jezelf was, of dat je het een ander hebt horen opperen. Dat je wakker wordt en niet meer weet waarmee je eigenlijk bezig bent.

Ons huis veranderde in korte tijd van een goed geregisseerde chaos in een totale anarchie. Het lijkt of dat geleidelijk gaat zodat je de tijd kunt nemen om eraan te wennen, maar het tegendeel is waar. Je went er niet aan en erger nog: het gebeurt zo sluipend dat je je waakzaamheid verliest. Dan zit je op een avond met een kop koffie voor de televisie (moe, moe, moe), je voelt iets prikken door de zitting van de stoel, je licht het kussen op en ziet dat vrijwel de gehele inhoud van de keukenla door je dochter eronder is verstopt. Je kijkt dan eens om je heen en plots valt het je op dat álles in de kamer niet op z'n plaats ligt, uit het lood hangt, een vlek vertoont, gescheurd is, dreigt kapot te gaan of om te vallen.

Het meisje is inmiddels vier jaar oud, maar voor je gevoel ben je net bekomen van de schrik dat ze er is. Je zit als het ware nog na te hijgen van de bevalling of ze staat al aan je bed, 's ochtends vroeg voordat de haan heeft gekraaid, en vraagt blijmoedig om een boterham met appelstroop.

Zo ongeveer verhouden de werkelijke tijd en de geleefde tijd zich tot elkaar, als je een kind gekregen hebt.

De kindertijd is de grootst denkbare paradox. Men beweert dat het de meest stressvolle levensjaren zijn: leren lopen, leren praten, leren hechten, leren lief zijn, leren plasje ophouden – het arme kind wordt overladen met opdrachten en uitdagingen om zichzelf toe te rusten voor wat wij het echte leven noemen. Op grond daarvan zou je verwachten dat de herinnering aan onze kindertijd lijkt op een te snel afgedraaide tekenfilm, zo hoog ligt het tempo waarin je het leven moet absorberen, je het nieuwe en onbekende moet eigen maken en verwerken. Maar het tegendeel is waar. In onze herinneringen aan de kindertijd duurt de zomer oeverloos en zijn de dagen aan het strand zonder einde. Ik herinner me beeldje voor beeldje hoe we tijdens vakanties aalbessen plukten in de boomgaard en ze ritsten met onze vingers zodat het sap langs je hand omlaag je truitje inliep. Ik herinner me de boterhammen met zand na een lange dag aan zee, en de bruuske verstoring van dat zwevende gevoel van zorgeloosheid door een voorval met een klein hondje, dat een tennisbal achterna ging die iets te ver de branding in was geschopt. Ik herinner me dat ik toen het woord 'branding' heb geleerd: dat ik het heb onthouden door de associatie met het brandend hete zand waarop ik stond, turend naar de zee waar zich een drama voltrok.

In de herinnering duren die eerste jaren zoveel langer dan de jaren die erop volgen. In onze kindertijd leven we vertraagd als een middeleeuwer. In de kinderhersenen is nog ruimte, en die ruimte wordt gevuld met de tijd die we beleven. Dat zijn *les temps perdus*: toen de harde schijf nog leeg was en zonder morren of back-up de boodschappen kon opslaan die hij te verwerken kreeg. We suggereren wel dat wij grote mensen zo'n druk en vol leven hebben, maar dat is natuurlijk kolder. Het leven wordt steeds routineuzer, de herhaling stapelt zich op. Het is de harde schijf die overvoerd raakt. De ruimte om impressies op te slaan wordt minder; de cellen verhoornen.

Geen wonder dat zogenaamd jonge ouders er zo belabberd uitzien, ze worden geacht heel empathisch in eenzelfde tempo mee te leven als hun kleine, maar zijn er niet meer voor toegerust. Ze werken met een verouderd systeem. Ze zitten vol.

We waren gesloopt. Aanvankelijk was het me niet opgevallen, zoals het me niet opviel dat er steeds minder gerei in de keukenla lag. Véél valt niet meer op als het leven overleven is geworden, en zelfs dat is me toen ontgaan.

Ik werkte voor een aantal tijdschriften en deed hier en daar wat eigen werk, dat goed in de markt lag. Raya had zich teruggetrokken op het nest en bestierde daar kind en huis. Af en toe schreef ze nog een stukje voor haar vroegere werkgever, *Visserij Belangen*, maar dat had weinig om het lijf. Doordat zij in de luwte bleef ging het mij voor de wind, daarvan was ik me bewust. Maar het was haar keuze geweest om dicht bij Lizzy te blijven: ze wilde heel exact meemaken wat het was om een kind te hebben en hoe het voelde om moeder te zijn. Ze had er ook een speciaal schriftje voor waarin ze nauwgezet aantekeningen maakte. Dat was niet voor mij bestemd, zei ze, maar voor Lizzy. Voor als ze later groot zou zijn.

Af en toe kreeg ik een schrijfsel van haar onder ogen, meestal niet meer dan een half A-viertje, een annotatie op haar leven of op het mijne. 'Kunnen moeders denken?' vroeg ze zich dan af. Of: 'Kunnen vaders voelen zonder zichzelf erbij te betrekken?'

'Laat me je handen eens zien,' vroeg ze me een keer, en even later lag er een schrijfsel naast het fixeer: 'Wat is werkelijke arbeid, als de gevolgen ervan niet zichtbaar zijn?'

Haar gelakte nagels had ze afgeschaft op het moment dat de weeën waren begonnen. Tussen de contracties door zat ze driftig met wattenbollen en aceton het rood te verwijderen, tot ontsteltenis van de vroedvrouw.

'Je moet ermee ophouden! Aceton is zeer schadelijk voor de vrucht.'

Ostentatief gooide de vroedvrouw de ramen open, toen ze zag dat Raya zich door haar woorden nergens van liet weerhouden.

'Het is geen vrucht,' knorde Raya terwijl ze driftig de nagelvijl heen en weer bewoog. 'Het is een kind dat ieder moment geboren kan worden en dat zich rot schrikt als ze met tien lange rode nagels wordt beetgepakt. Dát is pas schadelijk voor een vrucht.'

'Had dat dan eerder bedacht,' bromde de vroedvrouw verongelijkt.

Toen dit voorval later ter sprake kwam vroeg Raya zich af wat de vroedvrouw daarmee had willen zeggen: 'Ja maar,' sputterde ze, 'ik werd tóen toch pas moeder? Hoe had ik het eerder kunnen bedenken?'

Het getuigde van een voorzienige blik dat ze haar nagels afvijlde, weinig is zo breekbaar als de huid van een pasgeborene. Je hoeft er maar even langs te gaan met je trouwring en ze heeft een kras; je hoeft maar iets te ijverig de luier dicht te knopen of er zit een grote blauwe plek op het heupbotje. Raya was als de dood om haar kind iets aan te doen en hield de nagels kort, ook toen het niet meer nodig was.

'Wanneer laat je ze weer groeien?' vroeg ik haar. Lizzy was het stadium van pasgeborene ruimschoots ontgroeid en voorzag inmiddels in haar eigen krassen en blauwe plekken.

'Als ik moeder-af ben,' was het cryptische antwoord.

'Nooit dus, lieve Raya!' Haar naïviteit ontroerde me. 'Er zijn nu eenmaal dingen die je nooit meer te boven komt. Moederschap is een chronische kwaal.'

'Zou je denken, Gideon?' Ze keek me aan alsof ik een geheel nieuw inzicht verkondigde: 'Ik weet wel dat ze dat zeggen, de goeie moeders, en dat ze het schrijven in de Libelle en zo... Maar zou het echt zo zijn dat je nooit meer, helemaal nóóit meer op jezelf kunt zijn?'

Die avond zat ze in haar schriftje te schrijven met een verbetenheid die ik al lang niet meer had gezien. Het had me toegeschenen dat Raya in grote harmonie leefde met de keuzes die ze had gemaakt; dat ze vervulling vond in haar leven met Lizzy, in de kleine observaties van dat leven dat onder haar handen groeide; dat ze niet bang was voor de ontstellende liefde die ze voelde voor haar kind.

'Zal er dan nooit meer een dag zijn,' stond er op het briefje dat ik toegeschoven kreeg toen ze naar bed ging, 'dat ik mijn eigen gedachten kan denken, mijn eigen gevoelens kan koesteren, mijn eigen dromen kan najagen, mijn eigen lichaam kan bestieren zonder een tweede stem in mij? Zou er dan nooit meer een dag zijn dat ik samenval met mezelf, zonder dat daar een ander tussen staat?'

Het was op die ochtend, de ochtend nadat ze dat briefje had geschreven, dat het tot me doordrong hoe gesloopt we waren. Om welke reden dan ook – misschien door het briefje, of door de verbetenheid waarmee het geschreven was – had ik onrustig geslapen en werd geradbraakt wakker. Ik was opgelucht dat Raya als altijd het voorwerk had gedaan: de koffie stond klaar in de kan, Lizzy zat aan tafel tevreden te experimenteren met verf en partjes sinaasappel, de gordijnen waren geopend en het licht scheen in de kamer op de houten vloer, die doorsloeg naar groen sinds hij in ons huis was gelegd.

Op de veranda zat Raya koffie te drinken. Ze had wallen onder haar ogen, ik meende zelfs roos in haar haren te zien en haar huid oogde grauw in het bleke ochtendlicht. Ik keek naar de handen die de koffiemok omklemden, de handen waarop ik verliefd geworden was. Ze hadden aan kracht weinig ingeboet maar waren ouder geworden, gehavender. Ondanks het vele werk dat Raya ermee verzette (ze weigerde een werkster omdat ze meende dat het goed is voor een kind om de ouders metterdaad te zien werken) lagen ze er nu doelloos bij. Alsof ze niet wist wat aan te vangen met het vermogen dat erin schuilging.

'Ik ben de draad kwijt,' klonk het vanachter haar mok. Ze draaide zich naar me toe en barstte in lachen uit. 'Enig idee hoe je eruitziet?'

'Ook de draad kwijt?' grijnsde ik.

'En heel wat haren, inmiddels.'

'Wat dacht je van een *break*?'

We waren te lang niet meer weg geweest. De afwezigheid van toegewijde grootouders wreekte zich.

'Ik wil weer gaan varen,' zei ze, 'm'n handen verstarren.'

Ze kreeg het eens in de zoveel tijd: zeeziekte. Het was niet de eerste keer dat ik ermee werd geconfronteerd, al leek het nu menens te zijn. Sinds onze ontmoeting had ze geen grote tochten gemaakt, haar laatste lange reis was vijf jaar geleden, met een klipper op de Oostzee. Sindsdien hield ze het bij korte tripjes, charters van een week of twee. Met vervilte haren en eelt op haar handen keerde ze terug van haar zeiltochten en schreef vervolgens prachtige korte verhalen, die ze publiceerde in obscure literaire blaadjes. En soms zelfs dat niet eens. Na een tijdje droogde ze dan weer op.

'Ik denk dat ik ze eens ga bellen,' zei Raya.

Ze, begreep ik, waren haar vrienden bij het clubblad van de Nederlandse visserij. Dat betekende dat het geen charter zou worden, ditmaal.

'Dan zal ik maar maatregelen gaan treffen,' antwoordde ik.

Het was dus menens.

Het werd Jo den Heyer, zo op het oog een goede vriend van de fles en voormalig visserman; als maat aan boord neefje Jo den Heyer, schriel, pokdalig en schuw als een scheepskat. De oude Jo had zijn kotter voor goed geld verkocht aan een tandarts met avontuurlijke aspiraties en voer nu voor scheepswerf Toxopeus. De reputatie van Toxopeus was mij wel bekend. Ze bouwden er luxe zeiljachten voor het soort miljonairs dat domicilie houdt in Monaco en zijn kapitaal stationeert op de Kaapverdische Eilanden. Jo was de man om hun drijvende droompaleizen ter bestemming af te leveren en en passant apparatuur en tuigage te testen. Ditmaal betrof het een tweemaster met elektrische reefinrichting, GPS en automatische tweelingfok. Het zei me allemaal niks, maar Raya was in alle staten. Ze had nog nooit zo luxe gevaren. Maar toen ik voorzichtig vroeg of eeltgroei en inspiratie niet zouden lijden onder zo veel weelde, schudde ze heftig haar hoofd: met een alcoholist aan het roer en een doorgeschoten puber als maat zou het hard werken worden, verwachtte ze. Boven- en benedendeks.

Om vier uur in de morgen startte ik de motor van onze oude vw-diesel en liet hem warmlopen, terwijl ik Lizzy in een deken op de achterbank plooide. De vroege ochtend vertoonde de eerste kenmerken van herfst, er was veel vocht in de lucht, het spinrag in de klimop glinsterde in het licht van de koplampen. Raya gooide haar plunjezak achterin en nam naast me plaats, de thermoskan koffie tussen haar benen geklemd. Ze had niet geslapen in de voorgaande uren, ze stond stijf van de adrenaline. Terwijl de auto door het slapende land reed tuurde ze zwijgend en met wijde ogen de duisternis in, alsof ze nu al op de voorplecht stond, zoekend naar het baken dat haar koers zou bepalen.

In de eerste zonnestralen, met een slaapdronken Lizzy op mijn arm, keek ik toe hoe mijn vrouw aan boord stapte van de Schöne Erna, een glimmend gevaarte dat in het schrale ochtendlicht nog imposanter leek dan het al was. De begroeting met Jo en Jo was kort, veel tijd was er niet. De oude wilde zo spoedig mogelijk voorbij Rotterdam, hij gruwde van de tankers onder Maltese vlag die daar nietsontziend naar de Nieuwe Waterweg opstomen. Raya kreeg in de stuurhut een korte instructie. Daarna stapte ze aan wal om de trossen los te gooien. De deuren van de spilsluizen stonden open, erachter verrees een landschap dat een merkwaardige mengeling bleek van land en water. Alsof er nog even uitstel werd verleend voordat de scheiding een feit was. De open zee hield zich voor onze ogen schuil.

Pas op dat moment, zo scheen het me toe, toen ze van de reling stapte om het schip los te gooien, drong het tot haar door dat ik daar stond: haar man, met haar kind op de arm. De delirische ogen van de afgelopen uren lichtten op. Ze keek me aan: vragend, peilloos. In de omhelzing ontwaakte ook het bewustzijn van Lizzy die het op een hartverscheurend huilen zette. Van nabij klonk een brul van de kapitein en hoorde ik het water kolken vanonder de romp. Op de voorplecht stond de jonge Jo, ongedurig heen en weer kijkend tussen de houten sluisdeuren en dat tafereel op de wal.

'Wat zijn jouw plannen?' vroeg ze op de valreep.

'Hoe lang blijf je weg?'

'Jo!' Ze draaide zich om naar de stuurhut: 'Hoe lang blijven we weg?'

'Geen idee,' bulderde hij, 'weet jij het?'

Vanaf de dijk keek ik hoe het schip zes, zeven meter onder ons door de sluisdeuren voer. Op de achterplecht stond Raya, de oneindige blik terug in haar ogen, de handen gespannen naast haar lichaam. Op korte afstand van de Schöne Erna voer een klipperaak de sluis in. De sluiswachter gebaarde.

'Derde bolder!' bulderde Jo.

De jonge Jo stond met reusachtige stootbillen nerveus aan de reling. Raya nam de tros en slingerde het touw om de derde bolder. Met haar volle gewicht remde ze het schip. Ze zwaaide naar ons, we zwaaiden terug. De sluisdeuren sloten zich, het schutten kon beginnen.

Een paar uur later lag ik op onze voormalige binnenschipperssteiger en keek in de groene ogen van mijn dochter.

'Nou Lizzy, wat gaan we doen?'

Het afscheid was zwaar geweest en het tranendal niet te stelpen, maar nu, samen liggend in de ochtendzon tussen de puinhopen van een overhaast vertrek kalmeerde ze zienderogen.

'Doen!' juichte het meisje.

Doen, dat leek me een prima idee. Maar wat?

14

•

Groene ogen, dat weet ik zeker. Groen als de zee op een namiddag in de herfst. Groen als de lucht voordat een onweersbui losbarst. Groen als de vloer in ons huis.

103 centimeter lang. Ook dat weet ik zeker. We hebben nooit streepjes op de deurpost gekerfd, zoals iedereen schijnt te doen. Daardoor weet ik niet hoe lang ze was toen ze twee was, of vijf. Wel toen ze vier was. Vier jaar en nog wat.

Haar ene voet was groter dan de andere, ook dat weet ik zeker. Het scheelde misschien wel een halve centimeter, dat is veel bij die kleine voetjes. Hoe groot de voeten zelf waren weet ik niet, tien centimeter misschien, of twintig. Ik kan me ook niet herinneren of dat is bijgetrokken, of het te kleine voetje harder is gaan groeien in haar laatste jaar.

Sommige dingen weet ik niet meer.

Oranje was haar lievelingskleur. Oranje kleurt mooi bij groene ogen, misschien daarom. Misschien had ik iets gezegd in de trant van: 'Oranje kleurt mooi bij je groene ogen,' en werd het daardoor haar lievelingskleur.

Zo zijn kinderen, dat weet ik: die doen niets liever dan hun ouders plezieren.

Op zolder had ik rollen behangpapier gevonden. Raya en ik hadden ooit het plan opgevat om de gang te behangen, maar daarvan was het niet gekomen. Nu haalde ik de rollen naar beneden en spreidde het papier uit op de grond. Drie lange stroken naast elkaar, in de hoeken met punaises vastgezet. We moesten over de bank lopen om bij de keuken te kunnen komen, dat deden we dan maar.

'Ga liggen,' zei ik tegen Lizzy die in haar blootje in het midden van de kamer stond.

We hadden grote hoeveelheden plakkaatverf gekocht en dikke varkensharen kwasten. We hadden de kachel hoog gedraaid, het was een onherbergzame herfstdag waarbij de kou bijna niet uit je botten wil wijken. We hadden warme chocolademelk gemaakt die in een ketel op de kachel stond.

Lizzy was die morgen huilend wakker geworden. Raya was nu meer dan een maand op reis en Lizzy had sinds de stortvloed van tranen op de weg van de sluizen naar huis niet meer om haar gehuild. We hadden het goed met elkaar:

In de ochtend bracht ik Lizzy naar school en werkte me een slag in de rondte zodat ik om vijf uur klaar was om haar bij een vriendinnetje weg te plukken, boodschappen te doen, eten te koken, *Sesamstraat* te kijken, ponnetje aan te doen; daarna tandenpoetsen, verhaaltje, knuffels recht leggen, kusje, liedje, deur op een kier, nog een kusje – om de avond door te brengen in de doka waar ik de laatste hand legde aan wat nog was blijven liggen. Ik vergat soms een boterham mee te geven naar school. Haar haren zagen er rommeliger uit dan anders (alleen vrouwen hebben de gave om van springerig kinderhaar iets ordentelijks te maken, aan het kapsel van Lizzy's klasgenoten kon ik aflezen wie die ochtend de zorg voor de kinderen had gehad). Ik sloeg soms het tandenpoetsen over, of de vitaminepilletjes. En het was mijn schuld dat ze op een ochtend verkleed als fee naar school ging omdat ik dacht dat de juf die dag jarig was en dat de kinderen verkleed naar school mochten. We waren een week te vroeg.

Maar afgezien daarvan hadden we het goed met elkaar.

'Geeft niet,' zei Lizzy dapper toen ze als enige fee op het schoolplein stond. Dat had ze van mij geleerd, dat helpt als je het even niet meer weet, had ik haar voorgehouden.

Maar deze ochtend hielp ook dat niet meer. Ze was gillend wakker geworden en had zich onder haar dekens verschanst. Ze moest zo huilen dat ik er kwaad van werd.

'Praat dan met me, Lizzy!' schreeuwde ik haar toe.

De zeven knuffels had ze door haar kamer gesmeten. Haar gezicht begroef ze in de kussens. Ze keerde me haar rug toe, schopte, draaide zich vast in de lakens. En huilde en schreeuwde. Ik liet haar ten slotte alleen in haar kamer. Ik moest me bedwingen om de deur niet met een rotklap achter me dicht te smijten. Gelukkig zag ik op tijd het gymschoentje staan, en klemde de deur zachtjes vast op een kier.

Ik belde de school: 'Lizzy voelt zich niet goed vandaag. Ik houd haar een dagje thuis.'

De juf was vol begrip.

Daarna belde ik het lab, waar ze hadden moeten overwerken omdat ik deze ochtend voor negen uur mijn negatieven wilde hebben: 'Ik kom ze morgen halen. Mijn dochter voelt zich niet goed vandaag.' Ik proefde al wat minder begrip.

Toen belde ik mijn opdrachtgever. Daarna begreep ik waarom sommige moeders om tien uur 's ochtends naar de sherry grijpen.

In de tuin haalde ik diep adem. Ik was kwaad op Lizzy omdat ze haar verdriet niet kon beheersen. Ik was kwaad op Raya. Ik was heel erg kwaad op Raya. Wie doet er nu zoiets? Je kind en je man – die kostwinner is bovendien, dacht ik met groeiende verontwaardiging – van de ene op de andere dag verlaten. Omdat 'je handen verstarren', wat een kletsverhaal! Ik was inmiddels duizenden guldens aan omzet misgelopen omdat ik me als gevolg van haar afwezigheid moest beperken in de opdrachten die ik aannam. (Geld was overigens geen enkel probleem, Raya en ik hadden goed doorgesproken hoeveel we konden interen op onze reserves. Maar dat telde nu natuurlijk niet.)

Wat zijn jouw plannen? – hoe haalde ze het in haar hoofd!

Het was onverantwoordelijk om zomaar van huis te gaan zonder een einddatum te noemen. Dat was het: onverantwoordelijk. Haar dochter lag in puin. En ik kon hier de scherven bijeenrapen.

'Hé pap, zal ik maar naar school gaan?'

Lizzy stond naast me, haar gezicht nog rood en gezwollen van de tranen. Ze had zichzelf aangekleed. Ze droeg een maillot (achterstevoren) en een zomertruitje dat te klein was. Ze had rubber laarzen aangetrokken (veters strikken kon ze nog niet). Ze had geprobeerd haar haren te borstelen.

'Jij gaat helemaal niks, kindje. We blijven vandaag thuis.'

Ik veinsde een niesbui en snelde naar de wc om mijn neus te snuiten.

De dag ervoor was er een brief bezorgd van Raya, die op een exotisch eiland grond onder de voeten gevonden had en ons verslag deed van haar reis. Natuurlijk had ze tussendoor gebeld via de satcom, maar dit schrijven was van een andere soort: ze wilde verhalen vertellen.

Het was daarom mijn fout: ik had beter kunnen weten. Maar in de euforie van het moment vergat ik dat enige censuur op de lectuur van Raya wenselijk is – zelfs als het haar dochter betreft. Het sprookje dat ze voor Lizzy had geschreven en dat ik voor het slapengaan voorgelezen had miste zijn uitwerking niet.

Ik had het moeten weten.

Lieve Lizzy,

Ik zit op het dak van een huis en kijk uit over de zee. We zijn vroeg in de avond aangekomen op het eiland waar de boot moet zijn. Het is nacht, en boven me zie ik duizenden sterren. Je ziet hier veel meer sterren dan bij ons, omdat het zo donker is. Dan is zelfs het kleinste sterretje met een heel zwak licht sterk genoeg om gezien te worden.

Soms valt een ster naar de aarde, dan doe ik een wens.

Eens zal ik je meenemen om je al deze sterren te laten zien. Dan kun je ook een wens doen als er eentje valt. Wat zou je wensen, Lizzy?

Ik weet nog niet wanneer ik terugkom. Papa zegt dat jullie het goed hebben samen, en dat geloof ik ook wel. Ik mis jullie en dat maakt me af en toe verdrietig, maar soms zie ik dingen of kom ik op plekjes en dan denk ik: ik weet zeker dat jij het ook eens zult zien. Dan voel ik me weer wat beter.

Ergens op mijn reis – het was op de poolzee, hoog in het noorden, daar waar de wind hagelsteentjes waait en waar je kunt schaatsen op de zee – kwam een lange dijk in zicht, begroeid met gras en bezaaid met kleurige bloemen. Op de dijk stonden op grote afstand van elkaar appelbomen in bloei. Het regende er roze bloesemblaadjes. Het was zo mooi en zo vrolijk en kleurig: het leek wel een schilderij.

Ik vroeg de kapitein van het schip hoe het kwam dat deze groene dijk hier stond te bloeien in de winterkou. Hij vertelde dat heel lang geleden, in de strengste winter die men zich kon herinneren, het ijs van de noordpool was gaan kruien, zo erg dat de ijsschotsen over de dijk waren geschoven, tot aan een klein huisje waar twee zusjes woonden: Suzie en Rosa. Ze woonden in het huisje aan de voet van de dijk, het was witgeschilderd en had hemelsblauwe luiken.

De twee zusjes waren zo mooi als jij, met lange zwarte haren en groene ogen. Ze leken precies op elkaar, en toch waren ze heel verschillend. Suzies huid was lelieblank omdat ze nog nooit de zon had gezien, en Rosa's huid was zacht en roze van de buitenlucht. Rosa hield ervan op de dijk te staan om naar de zee te kijken. Suzie zat graag binnen en maakte schilderijen van wat ze dacht dat ze buiten zou zien.

'Rosa, je zult verkouden worden!' zei Suzie, en ze breide voor haar zusje een warme shawl.

'Suzie, je weet niet hoe mooi de wereld is!' zei Rosa, en ze vertelde haar zus van de zee en de boten die ze over het water voorbij zag glijden.

Op een dag kwam Rosa terug van een wandeling op de dijk. Buiten waaide het en de tranen biggelden haar over de wangen. Suzie nam een warme handdoek en droogde Rosa's gezicht. Maar de tranen bleven over Rosa's wangen stromen.

'Wat is er, mijn lief zusje?' vroeg Suzie verschrikt.

'O Suzie, het doet zo'n pijn! Maar ik moet bij je vandaan. Ik moet weten wat er is achter de horizon en aan de andere kant van het water.'

De meisjes huilden de hele nacht en toen de zon opkwam vielen ze in elkaars armen in slaap.

De volgende ochtend pakte Suzie zorgvuldig Rosa's koffer en stopte er alle warme wollen sokken en truien in die ze ooit had gebreid. Onder in de koffer verstopte ze haar mooiste schilderij. Daarna ging Rosa aan boord van een groot zeilschip met drie masten. Toen het schip uitvoer klom ze in de hoogste mast om Suzie te zien die aan de andere kant van de dijk achter het raam stond te zwaaien.

Weken gingen voorbij. Iedere ochtend stond Suzie voor het raam en keek of ze haar zusje over de dijk zag komen. Maar Rosa kwam niet terug. Het kleine huisje werd voller en voller, want Suzie schilderde nu alle landen, alle luchten, alle bomen en vogels en planten waarvan zij dacht dat Rosa ze op haar tocht zou zien. Iedere ochtend stond ze bij het raam, klaar om Rosa haar schilderijen te tonen en te vragen: 'Was het zo, Rosa? Hebben we inderdaad precies hetzelfde gezien?'

Maar Rosa kwam niet terug.

Weken werden maanden en maanden werden jaren. In haar hoofd was Suzie al drie keer om de aarde gereisd. Ze had de noord- en de zuidpool gezien; ze was door oerwouden en over besneeuwde bergtoppen gereisd. Dagenlang had ze de grote zeeën bevaren zonder land te zien. Nooit had ze geweten dat de zee zo veel verschillende gedaanten aan kon nemen. In het kleine huis onder aan de dijk was het nu zo vol met schilderijen, dat er enkel nog een bed stond en de schildersezel. Al het hout in huis was verzaagd om haar linnen in te ramen, zelfs de poten van het bed had ze gebruikt.

Toen al het hout in huis op was kleedde Suzie zich heel warm aan en ging voor het eerst van haar leven naar buiten. Het was een lieflijke lentemorgen, de appelboom in de tuin bloeide en de vogels zongen een lied. Suzie droeg haar mand met breiwol en raapte in het voorbijgaan de takken op, die de oude appelboom de voorgaande winter had verloren. Op de dijk gekomen plantte ze de takken in de dijk en spande van haar breiwol een waslijn, kilometers lang. Ze liep zo ver als de resten breiwol haar toelieten; tot aan het einde van de dijk.

Daarna schilderde ze verder, maar nu stond ze niet meer aan het raam te turen om haar zusje. Nee, iedere ochtend stapte ze de dijk op en hing de schilderijen die ze de voorgaande nacht had gemaakt te drogen aan de lijn.

Op een nacht zag Suzie haar zusje in een droom: de grote driemaster waarmee Rosa was uitgevaren, was in een vliegende storm vergaan. Suzie zag het schip langzaam wegzinken in een inktzwarte zee vol ijsbergen en schotsen. Rosa zat in het kraaiennest en zwaaide naar haar, terwijl langzaam, heel langzaam, het schip in de golven verdween.

De nacht erop verscheen Rosa weer in een droom. Ze lag onder het ijs, haar gezicht naar boven gekeerd, en Suzie kon haar zien als door een beslagen ruit. De lange zwarte haren wapperden als zeewier om haar hoofd. 'Kom! Kom!' wenkte Rosa. Haar mond bewoog, maar geen geluid was te horen.

Nacht na nacht kwamen de dromen terug en koortsachtig schilderde Suzie visioenen van de diepten van de ijszee onder de poolkap – want daar, zo wist ze zeker, was haar zusje.

Toen alle verf en alle linnen ten slotte op was werd het opnieuw winter, en het ijs van de noordpool begon te kruien. Enorme ijsschotsen dreven naar het zuiden, trotseerden de lauwe zeeën en kropen tegen de dijk omhoog. Zo hoog kwam het ijs, dat Suzie op een dag uit het raam keek en zag dat haar huis eronder bedolven was. Ze sloeg haar wollen shawl om haar hoofd, nam het laatste schilderij onder haar arm en opende de deur van het huisje.

'Ik kom!' riep ze naar Rosa, en van ver hoorde ze: 'Kom!'

'Ik kom!' riep Suzie en weer echode de stem van Rosa: 'Kom!'

Toen die verschrikkelijke winter voorbij was en de dooi had ingezet, vonden de mensen van dit land twee dode meisjes, die onder het ijs bedolven waren. Ze hadden beiden lange zwarte haren en droegen dezelfde warme wollen shawl. Maar wat de mensen nog het meest verbaasde, was dat ze allebei een schilderij stijf in hun armen hielden: het ene ingeraamd, het andere louter linnen. Nadat ze voorzichtig de schilderijen hadden losgemaakt uit de armen van de meisjes zagen ze, dat het water en het ijs de kleuren hadden gewist. Het linnen was wit. Welke afbeelding de meisjes zo dierbaar was geweest, zal voor altijd hun geheim blijven.

De laarzen waren uitgeschopt, de tranen gedroogd. Lizzy zat in een deken gewikkeld op mijn schoot en likte aan een grote roze lolly. Het leek me een probaat ontbijt voor een meisje dat een nacht had doorwaakt en huilend wakker was geworden. We zaten op de veranda onder het afdak en keken hoe de wolken zich samenpakten en het laatste blauw verdrongen.

'Mis je mama?' Ik had geen idee hoe ik het gesprek moest openen zonder opnieuw een huilbui te veroorzaken.

Het was heel lang stil.

'En…?' drong ik aan.

'Jij maakt nooit vissticks,' klonk het narrig vanonder de deken.

'Ik vind vissticks vies. Daarom.'

'Ik niet.'

Daarna bleef het weer stil.

'En verder?'

'Komt mama wel terug?'

'Natuurlijk lieverd.'

(Ik had willen zeggen: dat weet je nooit, Lizzy, dat weet je ook niet als ze boodschappen gaat doen. Of als de oppas komt en wij naar het theater gaan. Dat is een van de dingen die het leven zo ondraaglijk maken, Lizzy, dat je nooit zeker kunt zijn of alles bij het oude blijft. Of er morgen een nieuwe dag zal zijn. Of die dag eruit zal zien zoals vandaag, zoals je hoopt. Maar ik zei het niet.

Ik zei ook niet: ik weet niet of Raya wel terugkomt. Ik zei niet: ik ben er niet zeker van, zo goed ken ik je moeder niet dat ik erop durf te vertrouwen dat ze terugkomt.

Ik zei wat ze wilde horen. Wat ik moest zeggen. Wat ik wilde horen.)

'Zullen we haar schilderen?'

'Mama schilderen?'

'Ja. En dan hangen we haar aan de muur.'

'Een voor in de kamer en een voor in de keuken?'

'Waarom niet?'

'En ook een voor bij jou in bed?'

Van zolder haalde ik de rollen behangpapier. We prikten drie stroken van twee meter lengte naast elkaar op de groene vloer. Daarmee was de kamer vol. We sprongen op de fiets om bij de Hema plakkaatverf te kopen.

'Jij eerst!' zei ze.

'Jij eerst,' zei ik.

Daarna kleedde ze zich uit.

'Ga liggen,' zei ik, en ze ging liggen op de middelste strook. Met dikke streken zwarte verf schilderde ik de omtrek van mijn dochter. Haar kruin maakte een draaikolk midden op haar hoofd. Ze had smalle schouders. Ik zag dat ik haar ribben kon tellen. Ik ontdekte een moedervlek op haar onderarm. Haar ene voet bleek veel groter dan de andere.

'Hoe lang ben je eigenlijk, Lizzy?'

'Honderd,' antwoordde ze gedecideerd, 'zeker weten honderd.'

'Honderd wat?' vroeg ik.

'Honderd lang natuurlijk, stommie.'

Ik pakte de duimstok erbij: 103 centimeter.

'Inderdaad, je bent ruim honderd lang.'

Nadat ik haar omtrek genomen had, trok ze een badjas aan. Ik kleedde me uit en ging liggen op de strook aan de kant van het raam. Als ze morst, dacht ik, dan tenminste niet op het bankstel. Lizzy doopte de kwast in de pot rode verf.

'Jezus Liz, wel een beetje voorzichtig!' Ik voelde een dikke kwak op mijn haar terechtkomen.

'Sorry,' klonk het zacht.

Zak, dacht ik.

Later kregen we de slappe lach en verfde ze mijn benen blauw.

'En mama dan?'

We stonden in onze badjassen op de bank te kijken naar het resultaat. Lizzy was groen met veel oranje geworden. Ik een monochroom rood, zonder neus, zonder ogen. Om ons heen honderd kleine voeten; groot voetje rood, klein voetje geel, groot voetje bruin, klein voetje wit. Duizend tenen vormden het bladerdak van een impressionistisch herfstbos boven onze hoofden.

Met onze voeten in het verfbad dronken we de lauwe choco-lademelk waarop een vel gegroeid was. We gingen onder de douche en schuldbewust roste Lizzy met een tenen washand het blauw van mijn benen. Daarna klommen we op de bank en keken naar de derde strook, die afgezien van een verdwaalde spat verf oningevuld was gebleven.

'Zal ik een mama tekenen?' stelde ik voor, maar dat vond ze maar niks.

Dus haalden we van boven Raya's oude spijkerbroek, een voddig T-shirt waarvan ze geen afstand kon doen, en een paar dikke wollen sokken. Mijn wrok was niet geweken. Uit de rommel in het schuurtje viste ik een pot Bison-Kit te voorschijn en ik lijmde Raya's kleren op het behangpapier vast. Met een streek paarse verf tekende ik een rondje als hoofd.

'Nu jij weer, Lizzy,' juichte ik.

Ze doopte haar voeten in de verf en wandelde moordlustig over haar moeder heen.

15

•

De tijd dat ik me een volslagen malloot voelde wanneer ik me voor Lizzy op de hurken begaf lag achter me. Zonder een spoor van gêne hielp ik haar met plasje-doen achter de wipkip in de speeltuin, met flair wurmde ik me met kind en buggy tussen de klapdeuren van de bus. Het was geen tijdverlies meer om samen de Bert & Ernie-puzzel te maken; het was een *fact of life*.

Dat is geen gewenning, sommige dingen wennen nu eenmaal nooit. Je kunt niet zeggen: ik ben nu wel gewend aan mijn vader of moeder, evenmin: langzaam maar zeker raak ik gewend aan mezelf. Gewenning gaat over iets buiten jezelf. Je kunt wennen aan een nieuw huis, aan een hebbelijkheid van je schoonzus, aan een lekkende kraan desnoods. Maar je kunt niet wennen aan iets wat onlosmakelijk verbonden is met jezelf. Wennen aan een horrelvoet kan ook niet: je hebt hem of je hebt hem niet, en je hebt je er maar bij neer te leggen.

Zo is het ook met een kind. Tegen de tijd dat je ermee vergroeid bent valt er niets meer te wennen, alleen nog maar te verzoenen. Bij Raya Mira begon dat proces al bij de conceptie, de vergroeiing met het nieuwe leven hield gelijke tred met de groei ervan, en vandaar begon de verzoening. Na de geboorte van Lizzy moest Raya wennen aan de eisen die dit nieuwe leven aan haar stelde, maar het kind als zodanig, het bestaan ervan was even vanzelfsprekend als het litteken tussen haar schouderbladen.

Maar hoe kun je als vader vergroeien met iets wat niet uit jou is gegroeid? Hoe moet je je verzoenen met een meteoriet die op je dak valt? De onmogelijkheid van die opdracht is angstaanjagend. Ik begrijp de mannen wel die tijdens de zwangerschap van hun lief met de buurvrouw het bed induiken; ik begrijp de workaholics en de temporele alcoholisten. De natuur heeft ons, de vaders, ieder houvast ontzegd om de meteoriet op te vangen zonder erdoor verpletterd te worden: van de ene dag op de andere heb je een Kind, ben je een Vader, en moet je er naar de maatstaven van de huidige tijd nog een Leuke Invulling aan geven ook.

Tijd voor vergroeiing is er niet – dus is het vluchten, of gelaten wachten op het moment van verzoening.

Mijn verzoening begon op het moment dat de spartelende kip rigoureus de strot werd omgedraaid: Raya Mira zat op de Schöne Erna en nu was het pompen of verzuipen. Ik besloot te pompen en er ook nog bij te zingen. De onversneden verantwoordelijkheid voor het welzijn van mijn dochter zette de deur open naar mijn vaderschap.

Ik had mijn houvast gevonden.

Lizzy en ik hadden er een gewoonte van gemaakt om op zaterdagochtend de eendjes te voeren. Dat is weinig spectaculair, de hele wereld gaat in het weekend eendjes voeren met de kinderen, maar in ons kleine huishouden ontwikkelde het zich tot een heus ritueel.

Zo speelde aan de ontbijttafel de kwestie hoevéél brood goed zou zijn voor de eenden (hoeveel korstjes Lizzy dus kon laten liggen), en later werd ook de verhouding tussen bruin en wit brood een onderwerp van gesprek (bruin is beter voor eenden dan wit, besloot ze). Weer later drong zich de vraag op of alle eenden in de vijver wel tot hun recht kwamen, en hoe we konden voorkomen dat dat ene hanige mannetje de korsten wegkaapte voor de snavel van de schuchtere.

Na een paar weken eenden voeren kreeg Lizzy last van de gedachte dat de eenden in de vijver nabij ons huis wél, en al die andere eenden in de stad géén brood van haar kregen.

'Maar kindje,' protesteerde ik (ik zag me al als een hansworst langs alle vijvers in de stad fietsen, omdat mijn dochter een gevoel van rechtvaardigheid aan het ontwikkelen was), 'denk je niet dat bij die andere vijvers óók kindjes staan met oud brood om de eenden te voeren?'

'Hoe weet jij dat nou?' vroeg ze pinnig.

'Dat weet ik niet, ik denk het, het lijkt me wel zo logisch.'

'Ik denk het niet.' Daarmee leek de discussie gesloten.

Ik gooide het over een andere boeg: 'Maar stel, stél nou dat bij die andere vijver ook kinderen staan, en stel nou dat die kinderen helemaal zelf voor hun eigen eenden willen zorgen... Die vinden het vast niet leuk als jij ertussen komt om hun eenden te voeren.'

'Je wéét niet of daar kinderen staan, pap!'

Boos schoof ze haar stoel naar achteren en ging bokkig bij het aanrecht staan.

'Oké, oké,' Lizzy wist dat ik er niet tegen kon als ze me de rug toedraaide, 'we zullen eens kijken.'

Ik nam de stadsplattegrond uit de keukenla en spreidde die op tafel uit.

'Kijk, dit is onze vijver,' wees ik. Lizzy liep naar de kamer en kwam terug met haar etui viltstiften. Ze omcirkelde met blauw het stipje dat onze vijver voorstelde.

'Wat stel je voor?' vroeg ik, en ik wees haar de andere watertjes op de kaart.

Lizzy prikte een vlek in het groen, het lag in een ander stadsdeel, en we stippelden een route uit om bij onze nieuwe bestemming te komen.

Haar betrokkenheid bij het welzijn van de eenden verlegde zich al doende naar het spel van lijnen en cirkels op de kaart, die een prominente plaats had gekregen aan de muur boven de keukentafel. Als ware krijgsheren prikten we vlaggetjes bij de vijvers die door ons waren bezocht en kleurden de afgelegde wegen rood. We bespraken de te volgen strategie om bij een volgend doel te komen; het was de uitdaging om niet tweemaal eenzelfde route te gaan. Ten slotte waren de eenden niet meer dan een flinterdunne aanleiding om door de stad te fietsen en nieuwe wegen te ontdekken. Soms vergaten we zelfs het brood.

Totdat de vorst over het land trok.

'Papa!' Lizzy stond aan mijn bed met blinde paniek in haar ogen. Ik vloog overeind. Het was nog geen zeven uur in de morgen.

'Wat is er gebeurd?'

'Pap! Het heeft gevroren. Overal ijs! Kijk dan!'

Om haar woorden kracht bij te zetten trok ze aan het gordijn van mijn slaapkamerraam. Tegen een pikdonkere hemel zag ik ijsbloemen op de ruiten. Lizzy stond het huilen nader dan het lachen en ik moest me bedwingen niet te gaan grinniken.

'Maar meisje, dat is toch mooi?'

'De eenden...' huilde ze nu, 'iedereen is doodgevroren. We moeten gaan kijken!' en ongeduldig trok ze aan m'n mouw.

Ik besloot het spel mee te spelen en haastig kleedden we ons aan. Met een snelle blik op de kaart bepaalden we de af te leggen weg en we sprongen op de fiets om de schade op te nemen. De stad was in ruste, Lizzy was een zeer matineus meisje – dat had ze van haar moeder – dus fietsten we door een vrijwel ongerept winterlandschap. Dunne rijp kleefde als engelenhaar aan de bomen en op de plassen lag een laagje ijs – dat was het.

Het was een allesbehalve strenge nachtvorst geweest.

Lizzy haalde opgelucht adem: de eenden stapten opgewekt met hun platvoeten over het licht bevroren water en pikten links en rechts een grasspriet uit de modder. Haar angstvisioen bleek voorbarig.

De invallende winter verleende een extra dimensie aan onze veldtocht. Niet alleen met een zak vol korsten, maar nu ook gewapend met stok en spade trokken we erop uit om de eendenstand te redden van een wisse dood. Blauwe vlaggen verschenen op de plattegrond om de vijvers te markeren die snel dichtvroren; groene vlaggen voor de vijvers waarop kennelijk warm water geloosd werd en die van onze zorg verschoond konden blijven.

Lizzy bleek nauwgezet in haar administratie – dat had ze weer van mij.

Het was daarom merkwaardig, dat we op een van onze rond-ritten een vijvertje aantroffen dat aan haar opmerkzaamheid was ontglipt. Het lag in een verwaarloosd plantsoen aan de rand van een achenebbisj buurtje, waar de kleine middenstand was uitgekocht door de Kiloknaller en de Schoenenreus, en waar de bewoners schuilgingen achter vitrages. Ik herkende het plekje niet en kon ook niet achterhalen, met de kaart in mijn geheugen, of dit park er altijd al was geweest. Zo oogde het ove-rigens wel. Een oude treurwilg hing met zijn takken te rotten in het bevroren water – die stond hier niet sinds gisteren, dat was duidelijk – en kennelijk lag er ooit een houten brug over het smalle deel van de vijver; de fundamenten ervan waren nog in-tact.

Plichtsgetrouw maakte Lizzy een rondje om het water en deed verslag: ja, er waren nogal wat eenden onder de bomen te vin-den en nee, ze zagen er weinig vetgemest uit. Uit de fietstas nam ze de zakken oud brood en een kleine spade. Ik liet haar begaan.

Doordat het blad gevallen was, kon ik door de kale takken van de bomen de huizenrij zien staan die aan het parkje grensde. Imposante negentiende-eeuwse villa's stonden met hun ach-terzijde naar deze verlopen buurt gekeerd. Ik begreep nu ook de logica van dit plantsoen: het was nooit als zodanig aangelegd, maar bleek de voormalige tuin van een van die herenhuizen te zijn. Mijn oog viel op de twee bemoste bakstenen pilaren bij de ingang van het park.

HET stond op de ene zuil, HEMELTJE op de andere.

'Liz,' riep ik naar Lizzy die onder de treurwilg stond, 'ik loop even om naar die huizen.'

Ik gebaarde naar de villa's en zij gebaarde dat ze me begreep.

Om de hoek van het park keek ik op het straatnaambord dat aan een gevel geschroefd zat: WENCKEBACHLAAN – ik zat dus goed. Door de kale wintertuinen zag ik mijn dochter met de eendjes en haar broodzak scharrelen. Er was nog steeds geen sterveling te bekennen, het was weliswaar vroeg in de ochtend maar zo uitgestorven als vandaag kon ik me geen tocht herinneren. Het deerde mijn dochter zo te zien niet.

Villa Het Hemeltje stond erbij als een reeds lang verlaten spookhuis. De verf bladderde van de gevel, het gazon leek met zijn dode lupines en hoog opgeschoten dovenetel op een verwilderde heemtuin. Het ontbrak er nog aan dat de luiken klapperden in de wind en de voordeur scheef in zijn sponning hing, zozeer voldeed de vervallen villa aan het cliché.

In de voortuin stond een verregend makelaarsbord met, tot mijn vreugde, een sticker 'verkocht' eroverheen. Mijn opluchting was van de sentimentele soort: in dit huis had ik Raya Mira ontmoet. Dat Het Hemeltje ten prooi zou vallen aan de slopershamer was een onverdraaglijk idee. Zoals het er nu bij stond, liefdeloos aan zijn lot overgelaten, was pijnlijk genoeg.

Op de oprijlaan stopte een grote auto. Onwillekeurig keek ik achterom om te zien of ik de kleine gestalte met het paarse jasje nog in het vizier had. Lizzy stond bij de restanten van de houten brug met de spade in het ijs te prikken.

Het portier zwaaide open en breed grijnzend stond daar Jelle op de stoep.

'Gekocht!' schreeuwde hij me stralend toe.

'Wat?! Jij?' riep ik stomverbaasd terug.

Het was een merkwaardige openingsdialoog. Jelle en ik hadden elkaar al meer dan twee jaar niet gezien en in die tussentijd nauwelijks gesproken, feitelijk sinds zijn huwelijk met Birgit Bijvoet niet meer, wat haar overigens niet was aan te rekenen. Birgit en Jelle bleken het beste in elkaar naar boven te halen, maatschappelijk gezien. Birgit had ontslag genomen als voedingsdeskundige bij haar multinational om met groot zakelijk inzicht een biologische kindervoedingslijn op te zetten. Het bleek *booming business*. Jelle ontpopte zich in korte tijd tot een van de meest gevraagde reclamefotografen van dat moment, zwaar geholpen door het adressenbestand van zijn moeder (al verhing hij zich liever dan dat te moeten erkennen) en was onbereikbaar geworden voor gewone stervelingen als ik. Zat hij niet in Milaan, dan wel op Tahiti of elders hoog op de Olympus.

En nu stond hij in de Wenckebachlaan voor villa Het Hemeltje die hij klaarblijkelijk had gekocht.

'Tjonge Jelle,' zei ik nadat we elkaar alsnog omstandig hadden begroet, 'ik wist dat Birgit en jij goed boeren, maar hoe wil je dit in hemelsnaam betalen? Het kost tonnen om deze bouwval op orde te brengen.'

'Pa is dood,' grijnsde hij.

'En dat vertel je me nu pas?'

Ik had me niet gerealiseerd dat we zozeer van elkaar verwijderd waren dat hij me geen annonce van het overlijden van zijn vader zou sturen.

'Trek het je niet aan. M'n moeder heeft zijn crematie aangegrepen voor weer een *socializing event*, cateraar erbij, tenten in de tuin, strijkje op het terras – dat werk. Eén groot feest van zelfbevlekking, daar had je echt niet bij willen zijn.'

Misschien, dacht ik, had ik daar wel bij willen zijn (lul, dacht ik erbij); misschien had het mij ook geholpen om tussen de kaartenbak van mevrouw Ripperda te mogen lopen. Maar ik zei het niet, het was iets te afgunstig.

'Zeker kids op komst?' opperde ik met een hoofdknik in de richting van het huis. Het was me al opgevallen dat hij reed in zo'n *space*-auto waarin je een gezin met zes kinderen kwijt kunt en waarin je doorgaans één verwend nest en een labrador op de achterbank ziet zitten.

'Integendeel. We hebben besloten ervan af te zien.'

'Nou ja, wat een tekst! Alsof je hebt besloten dat groene bankstel te nemen in plaats van het rode. Hebben jullie het wel geprobeerd? Of kun je geen kinderen krijgen?' eindigde ik voorzichtig.

'Gideon, we *willen* geen kinderen.' Afgemeten. Ergernis. Verwijdering.

We maakten al pratend een rondje om het huis, Jelle prikte hier en daar met een duimstok in de vermolmde kozijnen. Het was alsof hij mobiel met me liep te telefoneren, de halfslachtige aandacht die onbedoeld doorklinkt als de ander god-weet-wat tussendoor doet terwijl jij amechtig poogt een gesprek op gang te houden.

'Je kunt bij zoiets als kinderen toch niet zomaar iets niet willen?' grapte ik.

'Waarom, Gideon, zou je wel iets zomaar wél kunnen willen, en niet iets zomaar níet kunnen willen? We hebben geen zin in kinderen.'

(Was het niet Socrates die zei: Wie niet denkt dat hij iets niet mist, verlangt ook niet naar wat hij niet denkt te missen?)

Ik zocht naar woorden om de pijnlijke richting die het gesprek nam af te wenden.

'Ik kan me er wel iets bij voorstellen, Jelle. Soms zijn er leukere dingen te bedenken dan kinderen. Ik moet trouwens even kijken bij de vijver, Lizzy bekommert zich er om de eenden. Loop je mee?'

Jelle liep mee. Terwijl hij omstandig vertelde over de verbouwingsplannen en over de binnenhuisarchitect die Birgit ingeschakeld had en die eigenlijk – heel interessant – beeldend kunstenaar bleek te zijn, was ik degene die nu overschakelde op de 'mobiele stand'.

Ik vroeg me af of hun gewenste kinderloosheid verband hield met het overlijden van zijn vader. Niet dat Jelle op mij ooit de indruk had gemaakt een groot kindervriend te zijn, maar expliciet kiezen voor een leven zonder kinderen had ik hem evenmin toebedacht. Misschien had Birgit wel een rotte ervaring in haar jeugd, wist ik veel, en was Jelles liefde voor haar groter dan zijn kinderwens.

Maar zijn woorden resoneerden ook in mijn hoofd: waarom zou je niet iets zomaar niet kunnen willen? Daar zat een kern van waarheid in. Bij kinderloosheid vraagt iedereen zich heimelijk af wat de diepere grond van die keuze is – als het een keuze is. Niemand vraagt zich af waarom de rest van de wereld wél voor kinderen kiest. Zijn we dan collectief zo geprogrammeerd dat de procreatie altijd en overal de regel is, en het afzien ervan de uitzondering? En waarom behoeft die uitzondering een verklaring, een toelichting, een verantwoording zelfs?

Misschien komt de behoefte aan uitleg ook voort uit afgunst. Afgunst dat iemand kiest voor zichzelf en niet geleid wordt door een biologische aandrift tot voortplanten. Het is de strijd tussen het principe van zelfbehoud en dat van het behoud van de soort – het individuele versus het collectieve belang.

Daarvan kun je niet anders dan afgunstig worden.

'Is dat Lizzy?' hoorde ik Jelle naast me vragen. Zijn uiteenzetting over financieringsconstructies en de fiscale voordelen van de villa had hij kennelijk afgerond, we stonden aan de rand van de eendenvijver en ik was nog in gedachten verzonken. 'Ik had haar van m'n leven niet herkend.'

'Nee hè, ze is groot geworden,' mompelde ik obligaat, en ik keek verstrooid om me heen op zoek naar het paarse jasje.

'Shit! LIZZY!'

(Hoe lang ben ik weg geweest? Een kwartier, tien minuten misschien? Waarom denk ik dat een kind van vier zich wel weet te redden? Waarom is er niemand in deze godvergeten buurt? Waarom ben ik niet bij haar gebleven? Hoeveel dagen vriest het al? Hoe sterk is het ijs?)

'Lizzy, kom nu, kom onmiddellijk terug! Nee wacht, blijf waar je bent, ik kom naar je toe!'

Daar stond ze dus: midden op de bevroren vijver van Het Hemeltje met een plastic zak oude korsten in haar ene, en de kleine spade in haar andere hand. Even leek het of ze me niet verstond, verdwaasd stond ze tussen de eenden en schuifelde voetje voor voetje verder het ijs op.

'Lizzy, stop! Ik kom naar je toe!'

'Doe niet zo onbenullig,' gromde Jelle naast me, 'jij zakt er in ieder geval doorheen.'

Hij greep in zijn binnenzak naar zijn telefoon.

'Vijftien kilo, is ze vijftien kilo, Gideon?' schreeuwde Jelle even later. Ik was naar de overkant van het water gelopen, wanhopig op zoek naar een lange tak, een touw, een ladder.

'Hoe moet ik dat weten!' riep ik terug. 'Waarom?'

'De brandweer. Ze zeggen dat het ijs sterk genoeg is tot vijftien kilo.'

'Zeg maar dat ze twintig is, dertig – weet ik veel,' schreeuwde ik in paniek, 'ze moeten komen, het ijs breekt om haar heen.'

Het ijs brak om haar heen.

In de doodse stilte van de paar seconden die volgden hoorde ik alleen nog het onderwatergeluid van zacht, galmend, brekend ijs. Piong. Piong. Piong. Jelle stond druk gebarend met de telefoon aan zijn oor aan de overzijde van de vijver. In het midden stond een klein meisje, niet meer van deze wereld, in een paarse jas met een plastic zak en een spade.

'Lizzy, hoor je me?' schreeuwde ik met de handen om mijn mond.

Het meisje keek op, ze riep niet terug. Ze bewoog niet meer. Zou ze weten welk gevaar ze liep?

'Lizzy, luister!' Ik probeerde haar aandacht vast te houden. Ik dacht: als ze maar stil blijft staan, als ze maar niet gaat lopen. Als ze, in godsnaam, maar ter plekke bevriest totdat de brandweer er is.

'Liz, meisje! De brandweer komt eraan. Zij halen je van het ijs. Er gebeurt je niets. Blijf staan waar je staat. Het is niet erg! Blijf staan! Ik ben niet boos! Blijf daar, Lizzy! Ik hou van je! Blijf staan... blijf... blijf...'

Van ver hoorde ik de sirenes naderbij komen. Jelle posteerde zich bij de ingang van het park. Op het ijs stond Lizzy – in het midden van een ster die steeds meer zwarte stralen vertoonde. Piong. Piong. Doodstil was ze nu. Ik probeerde haar in het gezicht te kijken. Er was geen paniek. Ze huilde niet, ze schreeuwde niet, ze bewoog niet.

Ik zag hoe het stuk ijs dat haar tot dan toe had gedragen lang-zaam week voor het water.

Piong. En weg was ze.

16

•

Als een leven gereduceerd wordt tot cijfers achter de komma, houdt de rest van de wereld op te bestaan.

Duur van de onderkoeling: 7 minuten
Lichaamstemperatuur: 28.7°
Hartslag: 28/min.
Bloeddruk: 67/34
Saturatie: 76%
Duur van de bewusteloosheid: 10 uur
Kans op herstel: <40%

'Wat betekent dat Brech, minder dan veertig procent kans op herstel?'
'Niet vragen, Gideon.'
'Wat betekent het Brechje, praat tegen me.'
'Een kans van vier op tien. Dat betekent het. Niet vragen, Gideon.'
'Práát tegen me Brech: wat is vier op tien? Vier van wat? Op tien wat?'
'Wat wil je horen?'
'Praat tegen me Brechje, praat tegen me.'
Ik had mijn hoofd op haar dijen gelegd. We zaten op oncomfortabele houten stoelen aan het voeteneinde van het bed, waarin Lizzy lag. Telkens als ik onrustig werd nam ze mijn hoofd in haar handen en leidde het terug in haar schoot. Ik sloot mijn

ogen. Als een gong in de kathedraal van Arles dreunde het door mijn hoofd: *Piong. Piong.*

Ik opende mijn ogen. De dunne groene lijn van Lizzy's hartslag vertoonde een regelmatige piek tussen eindeloos lange intervallen.

Bliep. Streep. Bliep.

Wat betekent het als een hart regelmatig slaat – al is het nog zo langzaam? Maakt dat enig verschil voor die vier op tien? Maakt ze dan meer kans op de vier dan op de resterende zes?

'Praat tegen me.'

Ik ging zo verzitten dat ik in een oogopslag alle apparatuur kon zien: de beademing, de infusen, de monitor die haar polsslag en haar temperatuur registreerde.

'Als je alles weet wat er nu te weten valt,' sprak Brechje zacht, 'als je antwoord krijgt op al je vragen; als je alle gegevens nauwkeurig kunt determineren en benoemen; als je ieder getal kunt doorgronden, iedere verhouding van getallen kunt duiden, ieder percentage kunt interpreteren in zijn relatie tot nul of honderd – welke zekerheid heb je dan? Heb je dan meer hoop, Gideon, of minder? Heb je dan houvast? Heb je dan rust?'

Op het veel te grote ziekenhuisbed lag Lizzy als een lunchpakketje in folie gewikkeld, met slangen en elektroden verbonden aan een systeem dat haar dood nog even ophield – of haar leven. Het bloed was uit haar gezicht weggetrokken, zwarte kringen tekenden haar ogen; haar lippen koud en blauw.

'Waar blijft Raya?'

'Jelle is aan het bellen.'

'Weet hij al wat?'

'Ik zal het hem vragen.' Brechje maakte aanstalten om op te staan, ik hield haar terug.

'Laat me nog even liggen.'

Ik legde mijn hoofd weer terug. Haar hand streelde mijn haren, terwijl ze met haar andere hand Lizzy's voet omklemde.

'Is ze koud?'

'Nee, ze is gewoon warm. Lauw. Ze is lauw.'

'Praat tegen me.'

'Ik praat tegen je, Gideon. Ik zal tegen je praten. Mijn vader praatte altijd tegen me als ik niet kon slapen. Hij praatte tegen me zoals ik dat nu doe tegen jou. Ik kon vaak niet slapen toen ik kind was, toen ik nog niet begreep waarom de wereld zo anders was dan ik hem waarnam. Als ik in bed lag, ging ik nadenken om te begrijpen wat ik die dag niet had begrepen. Dan kwam hij naast me zitten en praatte tegen me.'

(Professor Kalma was een groot natuurkundige. Zo groot, dat hij al twintig jaar tegen de Nobelprijs aanschurkte. De mislukking kent vele gedaanten. Dochters van succesvolle vaders hebben meer kans op maatschappelijk succes dan dochters van gewone vaders, heb ik ergens gelezen. Brechje werkte op het laboratorium van haar vader, maar zou nooit zo groot worden als hij. Ze was belast met de dataverwerking van onderzoek dat anderen uitvoerden. Ook daarvoor moet je slim zijn trouwens, om de plussen en minnen die binnenkomen van betekenis te voorzien. Dat kon Brechje.)

'Mijn vader vertelde me van de veertien engelen rond mijn bed. Ken je dat liedje: *'s avonds als ik slapen ga, volgen veertien engelen me na*…? Mijn vader vertelde dat die engelen echt bestaan; dat we ze niet met onze ogen kunnen waarnemen, maar wel kunnen voelen. Ik geloofde hem. Er was zoveel in mijn leven wat ik niet kon zien maar wel kon voelen. Het bestaan van veertien engelen rond mijn bed leek even aannemelijk als dat van de sterren aan de hemel. Die had ik ook nog nooit gezien.'

(Brechjes moeder was heel jong overleden, aan iets onbenulligs, een kuil in de weg waar ze met het voorwiel van de fiets ongelukkig in terechtkwam. Zou dat ook invloed hebben op succes, het leven of de dood van je moeder? Het heeft invloed op je welbevinden, geloof ik: of de afwezigheid daarvan. Succes is iets van buiten jezelf. Welbevinden komt van binnen. Dat kleeft je aan als een horrelvoet.)

'Praat verder.'

'Onlangs kreeg ik op het lab meetgegevens binnen van het Christina Ziekenhuis. Ze doen onderzoek naar elektromagnetische velden op de kinder-IC, omdat de apparatuur er vaker storingen vertoont dan op grond van de statistieken mag worden verwacht. Wat ze ontdekten is dat sommige kinderen worden omringd door een magnetisch veld, op zeven plaatsen rond hun bed, waardoor de apparatuur ontregeld raakt. Toen ik de data ging verwerken kwam er een verband aan het licht. Deze kinderen hadden een grotere kans op herstel, sterker nog: de onverklaarbare afwijking in de apparatuur bleek telkens net genoeg om de balans naar de positieve kant te laten doorslaan.'

Mijn hoofd werd zwaarder en zwaarder, ik hield mijn ogen gesloten en waadde door een landschap van witte engelenvleugels.

'Is het waar wat je vertelt?'

'Wat doet het ertoe, Gideon. Ga maar slapen.'

Ze stond op en legde een kussen onder mijn hoofd. Daarna verdween ze achter het gordijn en zakte ik weg in een onrustige slaap.

(Van mijn vader heb ik altijd de boodschap meegekregen dat we het leven mogen verwijten dat we leven. Hij had daar misschien wel zijn redenen voor. Toen hij met zijn moeder naar Nederland terugkeerde was hij acht jaar oud, woog vierentwintig kilo en kon niet lezen of schrijven. Meer heb ik nooit gehoord, maar dat heb ik duizend keer gehoord: acht jaar. Vierentwintig kilo. Analfabeet.

Hij werd in de eerste klas van een lagere school neergeplant en zeven jaar lang met de nek aangekeken. Het moet wel een heel erg domme jongen zijn, zei de schoolmeester, en hij gaf hem nog maar eens met de lat. Ook dat heb ik duizend keer gehoord.

Mijn vader had architect willen worden: hij kon goed tekenen en hield van rekenen. Hij was goed met zijn handen. Toen hij van de lagere school kwam was hij vijftien en niet meer leerplichtig. Zijn moeder deed hem in de leer bij een timmerman, het geld konden ze goed gebruiken. Hij werkte zich op tot voorman, kreeg het aan zijn rug en eindigde als filiaalmanager bij de Praxis.

De mislukking kent vele gedaanten.)

'Raya is van de boot gehaald.'

Brechje hurkte naast me en fluisterde in mijn oor.

'Hoe?'

'Met de helikopter. Ze is onderweg naar Porto.'

'Is het waar wat je nu vertelt?'

'Dit is waar.'

'Godzijdank.'

Daarna viel ik weer in een peilloze diepte.

(Ze zeggen dat alles onder het ijs wit is. Ze zeggen dat het zwarte water wit is, dat het dak van ijs wit is, dat alles wat je ziet gehuld is in een wit waas. Ze zeggen dat het wak een zwarte vlek is, dat is raar: het gevaar is wit, de redding zwart.

Ze zeggen dat je duizend kleuren ziet als je verdrinkt. Een blauwe hemel vol dwarrelende appelbloesemblaadjes. Ze zeggen dat het zacht is, dat muziek klinkt, dat je je terugwaant in de *bliss*. Ze zeggen dat het de mooiste dood is.

Toen de brandweerauto arriveerde dreef ze al een half mensenleven onder het ijs. De kikvorsman lag in een mum van tijd in het water. Daarna duurde het weer een half mensenleven. Verpleegkundigen stonden gereed met een brancard en een thermische deken. Toen kwam de kikvorsman boven en waadde als een ijsbreker door de bevroren vijver naar de kant. Hij droeg Lizzy in zijn armen, de plastic zak met broodjes nog in haar handen geklemd. Witte jassen bogen zich over haar heen, wikkelden haar in zilverpapier, sloten haar aan op apparaten.

Ik zag het gezicht van mijn dochter waaruit ieder leven was geweken. Er was geen verkramping. Er was geen angst. Ze was niet dood. Ze was vertrokken naar een witte wereld.)

Op het snijvlak van twee werelden hoorde ik voetstappen naderbij komen. Geritsel van vleugels. Licht viel op mijn gesloten ogen: het gordijn werd opengetrokken.

'Extreme bradycardie,' hoorde ik mompelen.

'30.1. Niet slecht,' zei een rijzige engel.

'Vitale functies ondersteunen tot ze is opgewarmd,' zei een andere engel.

'De dormicum kan er wel af,' zei de rijzige engel weer.

'Pols is 36, maar stabiel.'

'Hou de dormicum er maar op. Tot de overdracht.'

De engelen verdwenen achter het gordijn vanwaar ze gekomen waren.

'Kom Gideon, koffie.'

Jelle was na het vertrek van de artsen achtergebleven en schudde zacht aan mijn schouder. Mijn nek deed verschrikkelijk pijn, het kussen dat Brechje voor me had achtergelaten was op de grond gevallen. Het moest diep in de nacht zijn, het licht op de gang was gedempt, in het glazen hok van de verpleging flikkerde de televisie op.

'Is Raya er al?'

'Ze is onderweg.'

'Waar is Brech?'

'Naar huis, douchen.'

'Hoe laat is het?'

'Zes uur. 's Ochtends.'

Ik kreeg een natte waslap in mijn gezicht gedrukt en een schoon overhemd aangereikt. Jelle ging me voor naar de uitgang van de IC, langs de sluis met klapdeuren waar we onze witte overjassen achterlieten, door een lange gang met aan weerszijden deuren waarachter ik halfdode mensen vermoedde, met de lift naar beneden, tot in de centrale ontvangsthal van het ziekenhuis waar de coffeeshop was.

Mijn maag draaide zich om van de geur van sigaretten en versgebakken croissants.

Ik zag geen kans het ontbijt naar binnen te werken dat Jelle bij de zelfbedieningsbalie had gehaald. Ik nam een slok koffie uit de kartonnen beker en rende naar de wc om de gal die mijn lichaam het voorgaande etmaal had aangemaakt te lozen. Toen ik terugkwam bij ons tafeltje had Jelle bij de verpleging een suikeroplossing gehaald, die hij me liet drinken.

'Nog even zo doorgaan en je klapt met je kop tegen de vloer. Herneem jezelf een beetje, Gideon. Je dochter heeft je nodig.'

'Waar staan we?' vroeg ik wankel, en ik voelde hoe angst en wanhoop opnieuw mijn gal omhoog leken te stuwen.

'In de loop van de ochtend zal Lizzy opgewarmd zijn, ze is nu bijna 32 graden. Als ze haar normale lichaamstemperatuur heeft bereikt koppelen ze het slaapmiddel af, zodat we kunnen zien hoe ze erdoorheen is gekomen.'

'Wat weten we nu?'

'Nu weten we niks. Ze is volledig afhankelijk van de machines. Geen idee welke lichaamsfuncties zelfstandig kunnen functioneren. Dat zullen we straks zien.'

'Wanneer is straks? Jezus Jelle, ik ben zo moe.'

'Om acht uur is de overdracht, tot dan houden ze haar in ieder geval in slaap. En nou geen gelul meer Gideon, kom, we gaan naar buiten.'

We reden door de nacht in de richting van het strand. In het licht van de koplampen schoot een konijn de duinen in. Ik volgde het dier met mijn blik (ik dacht dat konijnen winterslaap houden) en zag tussen de duintoppen een licht branden. PENSION DUINZIGHT stond er met neonletters op een dak. Daarheen, dirigeerde ik Jelle.

Het zou een ijzige winterdag worden. Een schaatsdag. Een koek & zopiedag.

We bestelden twee beerenburg bij de ober die bezig was het ontbijt in te dekken. Jelle kwam ook uit het noorden.

'Waaraan is je pa overleden?' vroeg ik terwijl we aan de bar van het uitgestorven hotel hingen. Achter onze rug bleef de ober druk doende met zijn vier stuks ontbijtcouvert. In de deuropening van de keuken verscheen het slaperige hoofd van een vrouw. Ze vertrouwden het voor geen cent, dat was wel duidelijk.

De beerenburg ging ad fundum, we bestelden een tweede.

'Hartstilstand,' antwoordde Jelle grijnzend, 'heel cliché. Tijdens een congres in Gent.'

'Goh, Gent. Nog een geluk dat het zo dichtbij was,' zei ik vaag.

'Jezus man! Heb je niet iets anders aan je hoofd dan mijn pa?' Hij klonk geërgerd als vanouds.

'Praat tegen me, Jelle.'

'Over mijn vader?'

'Ik heb ook een vader,' was het enige wat ik kon bedenken, 'ik ben ook vader.'

'Ik was degene die de telefoon aannam,' begon hij toen we een eind over het strand hadden gewandeld. 'Ma zat op de bank in een tijdschrift te bladeren. Het was vroeg in de avond, de telefoon ging, ik nam op, een vrouw met een Vlaams accent vroeg me te bevestigen dat ik Jelle Ripperda was, zoon van Djoeke Ripperda, et cetera et cetera. Dan weet je het al. Wat de Vlaamse dame verder zei herinner ik me niet, wel dat hij dood was en dat er geen haast meer was. Ik vond het een morbide soort van geruststelling.

Nadat ik de hoorn van de telefoon had neergelegd draaide ik me om naar mijn moeder en verdomd: ik had een grijns op mijn gezicht die ik met geen mogelijkheid weg kreeg. "Mem," zei ik, "pa is dood." '

(Raya had als klein meisje de neiging ontwikkeld om een druppeltje plas te verliezen voordat ze naar de wc ging. Dat was niet expres, op een dag gebeurde het gewoon en daarna ging het niet meer over. Dan kreeg ze de slappe lach van dat voor-plasje, omdat ze het zo stompzinnig vond, waardoor ze het soms in haar broek deed. Nog steeds giechelde ze vaak als ze moest plassen. Meestal op een feestje, of in de bioscoop.)

'Er bestaat een foto,' vertelde Jelle verder, 'gemaakt op de loopplank van Lovers of Speedo, zo'n echte rondvaartbootfoto.

Pontificaal erop mijn vader: jong, strak gekleed, zelfverzekerd. Ik loop naast hem, een stukje achter hem, in nieuwe kleren die we die ochtend bij de Peek & Cloppenburg hadden gekocht: zo'n potsierlijk ouwelullenpakje voor kleine jongetjes, met stropdasje en zwarte lakschoentjes. Ik moet een jaar of vijf, hooguit zes geweest zijn. We hadden onze eerste "vaderdag" – zo noemde hij dat. Dat was zo'n verzinsel van hem om zijn vaderschap invulling te geven. Eens in het jaar met ons tweeën erop uit, naar Artis en dan in de rondvaartboot, of naar de Efteling en patat eten bij Van der Valk. Veel van zijn collega's schenen het te doen, het idee was waarschijnlijk niet eens van hemzelf.

Ma en ik waren op zoek naar een foto voor het bidprentje dat ze bij de crematie wilde uitdelen, met achterop een gedicht van een van haar interessante vrienden. Toen kwam ik die foto tegen, en ineens vloog het me aan: wat was het dat jij me had willen zeggen? De hand van mijn vader rust niet op mijn schouder; zijn blik, zijn hele lichaam is de camera toegewend. Kijk! zegt de foto, je kunt later net zo succesvol worden als ik, en zo veel geld verdienen dat je je zoon op een namiddag in het nieuw steekt. Kijk!, ik mag dan wel je vader zijn, maar ik neem je niet op de arm, ik neem je zelfs niet bij de hand op de wiebelige loopplank van een rondvaartboot. Je kunt best zelf lopen. Dat is wat hij zegt: je kunt best zelf lopen. En verder vind ik het leuk om je te hebben, in je apenpakje, voor één dag in het jaar.'

Mijn god, wat worden we oud. Op het verwaaide gezicht van mijn vriend groeide een stoppelbaard van het afgelopen etmaal; zijn rossige haren waren grijzend, diepe kraaienpoten tekenden zijn ogen. Zijn huid was grauw, van de afgelopen nacht, maar ook, zo leek me, van de afgelopen jaren. Met je vijfendertigste ben je voor de buitenwereld definitief een 'U' geworden, terwijl je zelf het idee hebt net droog achter de oren te zijn. Ternauwernood toegerust voor het volle leven.

(Ik ben nu even oud als mijn vader in mijn vroegste herinnering. We zitten onder het schuine dakraam op de zolder van het kleine duplex-huis aan de Anemoonstraat. Mijn vader heeft zijn haren vet naar achteren gekamd, hij ruikt naar sigaretten, bakolie en scherpe zeep. Hij heeft me voor het eerst meegenomen naar de zolder waar hij altijd is als hij niet werkt. We bladeren door kleurige tijdschriften met plaatjes van kastelen en buitenverblijven aan de Vecht. Hij vertelt hoe ze gebouwd zijn, over zwaluwstaart-verbindingen en windveren en heel- en halfsteens spouwmuren. Ik luister ernaar als naar toverspreuken en bewonder hem omdat hij dat allemaal weet. Op calqueerpapier maakt hij schaaltekeningen van de mooie huizen die hij heeft uitgeknipt. Daarna gaat hij bouwen: van sigarenkistjes, luciferdoosjes, draadgaren, papier-maché. Ik mag kijken maar nergens aanzitten. Ik kan nog niet tussen de lijntjes blijven, zegt hij.)

Ik denk dat de natuur het zo bedoeld heeft: dat we eerst onze ouders moeten ombrengen voordat we zelf ouder worden. Je moet die eerste versie van jezelf zien kwijt te raken – de versie waartegen je moeder 'ach, mijn jongen' zucht, en waaraan je vader zijn onvervulde dromen toont – om ruimte te maken voor die andere variant van jezelf: die waartegen iemand ooit papa zal zeggen. Doe je dat niet, dan loop je gedurig met drie exemplaren van jezelf te jongleren: het kind, de ouder, en nog een wezen van wie je hoopt dat dat je autonome 'ik' is. Dat kan niet anders dan dringen worden, totdat er één je ontglipt en met een smak op de grond valt.

In het melkwitte licht van de ochtend keerden we zwijgend terug naar wat ik in de afgelopen uren had getracht uit mijn hoofd te bannen: het was niet alleen mijn dochter die balanceerde op de rand van de afgrond, het was ook de derde variant van mijzelf. Je hecht je aan een kind, maar ook aan het vaderschap. Haar strijd op leven en dood betrof ook een deel van mijn leven – of dood. Ik had er alle belang bij dat ze zou blijven leven.

Om 10.48 uur ontdooide mijn dochter, Lizzy Mira Salomon. Ze ontwaakte uit haar kunstmatige slaap, opende de ogen, zei zachtjes: 'Hoi pap,' en sliep na deze inspanning weer een etmaal weg.

'Het is onwaarschijnlijk hoeveel veerkracht kinderen bezitten,' zei de jonge dienstdoende arts terwijl ze Lizzy's status bestudeerde, 'ik had er nog geen fles wijn om verwed dat dit meisje het zou redden.'

Ik had die fles wijn op je kop kapotgeslagen als je dit eerder had gezegd, dacht ik, maar ik moest ook denken aan Djoeke Ripperda: de wetenschap dat ik mijn wraak uit handen kon geven stemde me mild.

Bovendien: Lizzy leefde. En ik leefde op.

17

•

Raya Mira was teruggekeerd, maar praten deed ze niet. Ze nam plaats op een hoge kruk aan Lizzy's bed en vertelde verhalen: over zeeën die eerst blauw zijn en dan groen, dan weet je dat er storm op komst is, en over wolken als suikerspinnen die zuurstokroze zijn als de zon ondergaat. Ze vertelde over vliegende vissen in de nacht die als een lampje over het water scheren, en over dolfijnen die meezwommen met de boot. Ze vertelde over de regenboog die tijdens een luwte ondersteboven in het water viel; over ganzen die naar het noorden vlogen, terwijl zij naar het zuiden voer.

Toen Lizzy's bed zich verplaatste van het ziekenhuis naar onze woonkamer, nam Raya haar kruk mee en vertelde verder. Van zeemeerminnen die hun geliefde achterna reizen over de wereldzeeën, van het piratenschip dat hen bij nacht achtervolgde, maar overdag onzichtbaar bleef. Ze vertelde dat een witte duif iedere avond terugkeerde in de mast, al waren ze dagen varen van het land verwijderd. Ze vertelde dat een grote vogel haar kwam halen om haar naar huis te brengen. Ze vertelde dat ze terugreisde in de tijd, van de warme zomer in het zuiden naar de winter in het noorden, waar haar dochter op haar wachtte.

Ook schrijven deed ze niet.

Ze kocht een blauwe spar en tuigde de kerstboom op. Ze bakte kransen van roze en wit schuim en hing ze met linten in de boom. Ze maakte bisschopswijn en hete kwast, ontstak de kaarsen in de kamer en zong voor Lizzy 'Stille nacht'. Geen moment week ze van de zijde van haar dochter.

Raya Mira zweeg – maar dit zwijgen was anders dan voor haar vertrek. Haar stiltes waren me vertrouwd geworden, vaak was me niet duidelijk wat er in haar omging maar wist ik dat de vruchten ervan eens, ooit, met mij gedeeld zouden worden. Dat vertrouwen ontbeerde ik nu: Raya Mira zweeg zonder te schrijven. Ze broedde.

Ik zocht houvast bij mijn dochter.

'Lizzy, wat mis je het meest?' vroeg ik haar.

Ze was nu meer dan een maand aan bed gekluisterd, oververmoeidheid van het kleine lichaam had tot complicaties geleid, die weer leidden tot medicatie waarvan ze beroerd geworden was. Nu liep het jaar ten einde en kwam ze langzaam op krachten. Naar buiten kon ze nog niet.

'Bomen,' was het prompte antwoord.

Ik sloeg mijn fototas over de schouder en dook het winterlandschap in, op zoek naar de mooiste boom voor mijn dochter. Ik vond hem in Appelscha, waar tussen de kwijnende naaldbomen een heel jonge, rode beuk wortel had geschoten op de dode stam van een voorganger. De foto hing ik boven haar bed.

'De wolken,' was haar volgende opdracht; 'de vogels', 'de maan en de sterren'.

Met mijn Mamiya veroverde ik voor Lizzy terrein op het leven terug, dat ze door mijn toedoen was kwijtgeraakt. Het was een klopjacht op de tijd; een poging niet alleen stukjes van haar leven te herwinnen, maar ook haar terug te krijgen zoals ze was geweest.

Zoals wij samen waren geweest, denk ik nu.

'Dat zal niet gaan,' verzekerde me de arts, met wie ik een vervolggesprek had aangevraagd. Het was de jonge vrouw die een fles wijn had willen verwedden – ze bleek minder erg dan ik toen meende.

'Feit is dat ze een stuk van haar geheugen kwijt is,' zei ze gedecideerd, 'en weg is weg in dit geval. Waarschijnlijk, als gevolg van shock, kan ze zich de minuten op het ijs al niet meer herinneren, laat staan de tijd dat ze eronder lag. Door de dormicum dat ze van ons kreeg toegediend is ook de hele periode van herstel een blanco pagina in haar herinnering. Zie het als een comateuze toestand: geen enkele prikkel heeft haar bewustzijn in dat etmaal bereikt.'

'Wat doet dat met een kind?' vroeg ik haar. Ik kon me niet voorstellen dat een 'blanco pagina' daadwerkelijk blanco is: je kunt niet zomaar een stuk uit iemands leven knippen, stomweg omdat haar brein het niet heeft opgeslagen. 'Haar frontale kwab, haar hersenschors, haar DNA desnoods, íets moet toch iets hebben meegekregen van die bewusteloze vierentwintig uur?'

Ik memoreerde de verloren herinneringen van mijn vader, die de rest van zijn leven hebben getekend. Ook daarvan kun je zeggen: het is een blanco pagina, de gebeurtenissen zijn van het schoolbord gewist. Maar daarmee is nog niet het effect van die gebeurtenissen gewist, dat zeurt door, op een ander niveau misschien, maar ergens zeurt het door.

'Door het ijs zakken,' zei de dokter afgemeten, 'is wellicht iets anders dan wat uw vader heeft doorgemaakt. Bovendien: de ervaring zelf heeft hij bewust beleefd, de herinnering heeft hij begraven. Dat is van een andere orde. Lizzy zal er prima doorheen komen, en dat wat ze niet weet, is ook niet plezierig om te weten. Wees blij, zou ik zeggen, dat ze het niet bewust heeft meegemaakt.'

'Maar,' probeerde ik nogmaals, 'wat dóet het met een kind?'

'Het doet niets,' zei ze, terwijl ze haar stoel naar achteren schoof, 'kinderen zijn van rubber. Hun veerkracht, ook hun mentale, is vele malen groter dan wij ons kunnen voorstellen. Dat had ik u overigens al gezegd.'

Ik wenste haar alsnog een fles op haar hoofd. Ze was nog erger dan ik dacht.

In de terminologie van de film bestaat zoiets als de nul-tijd. Daarmee wordt de tijd bedoeld die zich afspeelt tussen de ene en de andere scène: dat kan in het filmverhaal een minuut zijn of een dag of een heel mensenleven. Van het ene op het andere moment springen we door de tijd, op de las verandert de jongeman in een grijsaard of het meisje in een jonge vrouw. Die sprong is geloofwaardig omdat wij geleerd hebben die nul-tijd in te vullen. In een fractie van een seconde – de tijd waarin het ene filmbeeld met plakband aan het volgende is bevestigd – kunnen we ons een voorstelling maken van de tussentijd.

Het gaat niet om werkelijkheid, het doet er eigenlijk niet toe hoe die tussentijd eruitzag. We weten dat hij er is en geven er een invulling aan.

De nul-tijd waar Lizzy doorheen was gevlogen was volgens de arts niet meer dan banaal plakband: een transparant stukje celluloid waarmee *Voor* en *Na* met elkaar zijn verbonden. Ik meende dat die tussentijd wel degelijk bestond, dat we die opnieuw konden invullen. Ik wilde haar de herinnering teruggeven die was zoekgeraakt.

Het werd februari en de dooi viel in. Bij het Groene Kruis huurde ik een kleine rolstoel met rood-geel-blauw buizenframe en Nijntjes op de kussens. Lizzy werd in een plaid gewikkeld en naar buiten gerold. Ze was slap als een vaatdoek, maar voldoende aangesterkt om de getemperde winterkou te verdragen.

Op haar schoot legde ik een zak met korsten oud brood.

'Wat gaan we doen?' vroeg ze dapper – de angst was in haar ogen te lezen.

'We gaan wandelen,' zei ik, en begon te wandelen. Tot mijn opluchting vroeg ze niet door. Maar toen we de hoek van de Wenckebachlaan uitdraaiden en de vijver van Het Hemeltje in zicht kwam trok ze bleek weg.

'Herken je het?' vroeg ik.

Lizzy knikte zwijgend.

'Wat weet je er nog van?'

Strak keek ze voor zich uit over de vijver, die haar bijna het leven benomen had. Er lag nog ijs op het water, het was vervuild met bladeren en takken en in grote zwarte wakken dreven monter de schriele eendjes.

'Niets,' zei ze, en ze duwde vastbesloten de broodzak opzij.

'Dan gaan we nu een herinnering voor je maken,' zei ik, en ik legde een kleine, fonkelnieuwe camera op haar schoot. Ze keek me vragend aan.

'Als jij je niets kunt herinneren meisje, dan zul je nooit vrede hebben met wat er is gebeurd. Dan zul je altijd angst houden voor het water, voor het ijs, voor de eendjes, voor de winter. Voor het leven.'

'Wat is her-innering, pap?'

'Herinnering is verbeelding,' zei ik.

'Wat is ver-beelding, pap?'

'Plaatjes in je hoofd, Lizzy. Plaatjes van wat er is gebeurd toen je door het ijs zakte, maar wat je niet precies meer weet.'

'Ik wil geen plaatjes in mijn hoofd!' Ze sloeg beide handen voor haar ogen.

'Wil je verhalen maken,' probeerde ik, 'verhalen voor in je hoofd? Plaatjes bij verhalen die je zelf bedenkt?'

'Zeemeerminnen,' vroeg ze vanachter haar handen, 'passen die ook in je hoofd?'

'Dat kan heel goed,' zei ik opgetogen. Ik geloofde dat ze de slag kreeg van mijn bedoeling. 'Had je zeemeerminnen in je hoofd, toen je door het ijs zakte?'

Met een klap sloeg de deur weer dicht. De peperdure kleine fonkelnieuwe camera duwde ze nijdig achter de broodzak weg.

Bijt je tong af, vermaande ik mezelf, dit is eens maar nooit weer.

Ik hielp haar uit de rolstoel, de broodzak lieten we liggen op de Nijntjes, het kleine cameraatje liet ik in mijn zak glijden. Ik nam haar op de arm en wandelde naar de treurwilg waaronder ze indertijd eendjes had gezien. Die waren er nu niet, ze zwommen in het wak.

'Ze hebben weer te eten,' zei ik opgewekt. Lizzy zat zwijgend op mijn arm, de eenden leken haar niet meer te boeien. We liepen verder naar de restanten van de houten brug. Daar had ik haar voor het laatst gezien, met de spade prikkend in het ijs. Ze sprong van mijn arm en wees me op een holte in het rotte fundament.

'Kijk papa,' wees ze, 'kijk hoe mooi dit is.'

In de diepte van het zwarte hout zag ik dat zich een klein watertje had gevormd, niet meer dan een vuistgrote plas, waarin het krioelde van beestjes. Larven, kikkerdril – ik ben nooit oplettend geweest bij biologie – *organismen* noemen ze dat, geloof ik. Door het zonlicht dat laag tussen de kale bomen scheerde lichtten de beestjes op als vuurvliegjes in de duisternis. Ik reikte haar de camera. Vragend keek ze me aan.

'Toe maar,' knikte ik bemoedigend, 'toe maar, als je dit mooi vindt.'

Ze maakte een foto en straalde toen ze me de camera teruggaf.

'Dat was er toen ook,' mijmerde ze tevreden, 'allemaal beestjes. Net lampjes.'

We liepen om het water naar een steiger die eens dienst moet hebben gedaan als aanlegplaats voor roeibootjes. Lizzy ging op haar buik liggen en maakte foto's tussen de brede kieren van de vlonder. Het ijs eronder was hagelwit, doortrokken met dunne zwarte lijnen waar vuil en stof waren neergedaald. Lang keek ze naar de eenden die rondzwommen in het wak, totdat er een kopje-onder ging en een kring van cirkels achterliet. Daarop drukte ze af.

's Avonds in de doka verschenen de eerste beelden van de wereld waarin zij had verkeerd, een wereld van donker en licht, van lichtjes in het luchtledige, van cirkels in het wak, van het zwarte water.

'Klopt het,' vroeg ik de volgende dag toen ze zich over de afdrukken boog, 'of mis je iets?'

'Het klopt wel,' zei ze peinzend, 'het klopt wel. Het was heel veel zwart en wit. Maar ook heel veel kleuren.'

Welke kleuren wist ze niet meer, en hoe het eruitzag kon ze niet zeggen. Gewoon kleuren – die moesten we zien te vinden.

Een filmmaker ziet meestal in de montagekamer wat hij er op de set van gebakken heeft. Pas dan begint het echte werk. Hij kan nog zo helder voor de geest hebben hoe het verhaal zich ontspint, welke lading een scène zou moeten krijgen: de beelden onthullen hun betekenis pas als ze in volgorde staan, als ze context krijgen. Als ze gefixeerd zijn in de tijd, in het verhaal, in het verloop der dingen.

Met de herinnering is het niet anders: het creëren van een herinnering is fröbelwerk, knippen en plakken en kleuren totdat het resultaat je een beetje aanstaat. De vergaarbak van ons geheugen is even betekenisloos als al die ongemonteerde meters celluloid, een opeenstapeling van impressies waar je naar believen in kunt graaien. Pas achteraf, wanneer de lijm gedroogd is, kun je zeggen: zo was het. Of: zo had het moeten zijn.

Dit is wat ik me herinner: eerst nam ik Lizzy mee naar het strand om de ondergaande zon te bekijken. Ik vroeg haar of dit de kleuren waren: het rood van de wolken, het grijs van de zee. Maar dat was het niet. We gingen naar het stadspark waar de vroege voorjaarsbloemen bloeiden, naar een tulpenkwekerij; het was heel mooi, maar niet wat ze bedoelde. Ik nam haar mee naar de opera, naar het diepzeeaquarium, we draaiden rondjes in het feestelijk verlichte reuzenrad. Lizzy schudde verontschuldigend haar hoofd. Dankjewel pap, het was erg prachtig, maar het was het niet.

'Wat zoek je in hemelsnaam?' vroeg Raya toen we terugkeerden van een bezoek aan het oude, gerestaureerde planetarium. Dat had me wel iets geleken, de kobaltblauwe hemelkoepel met gouden sterren en de maan – maar weer was het niks.

Raya keek me aan, ik deed er het zwijgen toe.

Het voorjaar brak door en de tuin hulde zich in een wolk van lila en blauw. Raya had in de afgelopen seizoenen zo veel stekken van de rododendron geplant dat alles bedekt was met weelderig paarsblauwe bloemen in donkergroen loof. De overige aanplant was ten onder gegaan of op de composthoop geëindigd. Groene vingers hadden we geen van beiden ontwikkeld. Ik haalde de dozen rosé van zolder en koelde de witte wijnen in de schuur. Raya installeerde zich met een dikke trui op de veranda, waarvan het hout me nu deed denken aan het rottend fundament van de brug. Ook doe-het-zelvers waren we niet echt geworden.

We dronken er een glas op en zwegen. De lente hing in de lucht.

Ons leven hernam zijn normale gang. Raya krabbelde weer wat in haar schriften, Lizzy groeide als een doorgeschoten ui. In mijn vrije uren bezochten we een expositie van Jackson Pollock of van sculpturen van Appel – het was een overblijfsel van onze kleurenqueeste, nu ingebed in de gedachte van de verantwoorde opvoeding. Het was als eendjes-voeren, maar dan met een groot meisje.

We hadden het er niet meer over.

Toch waren er nachten van onrust waarin ik wakker schoot en in de doka belandde, gebogen over mijn proefstroken, mijn neus vol van de geur van chemicaliën, met nu weer dit papier in de hand, dan weer het andere. Het is kalmerend om in de doka te zijn, om me terug te trekken op mijn eigen grond met niets dan mijn eigen gedachten. De rituele handelingen met het papier, de bakken vloeistof, het manipuleren van licht en schaduw, het zachte tikken van de klok maken van mij, even, een tovenaar in mijn eigen universum. Ik kwam er tot rust.

Maar de vraag bleef me kwellen, de vraag die mij telkens wakker deed schieten: wat was het dat zij had gezien, maar waarvan ze het beeld niet kon hervinden? Van de negen negatieven die ze had geschoten op die ene middag in het park maakte ik steeds nieuwe varianten: meer contrast, andere stops, andere filters, ander masker. Ik vroeg al lang niet meer of het klopte: de kleur bleef uit, en daarmee het antwoord.

Het was op een van die nachten dat Raya verscheen. De zoveelste serie van Lizzy's foto's hing met klemmen te drogen aan de lijn en hoewel het niet nodig was, hield ik het licht gedempt. In de rode schemer staarde ik naar negen onscherpe prenten. Toen lichtte het gezicht van Raya op: ze kwam nooit zomaar in de doka en moet, op een onbewaakt moment, binnengeslopen zijn. Ze zat op de hoge kruk bij de deur en keek met mij mee naar de druppende waslijn.

Ze reikte me een glas whisky. 'Mooie kadrering,' zei ze.

'Je hebt ze zo vaak gezien,' antwoordde ik nonchalant. Haar aanwezigheid maakte inbreuk op mijn territorium, maar de opluchting overheerste. Dat zij me toestond. Dat ze eindelijk met me meekeek.

'Maar het is wel jouw kadrering,' vervolgde ze. Ik besloot alert te zijn. 'Het zijn jouw handen, Gideon, die haar beelden manipuleren. Het is jouw inschatting die de grijstinten bepaalt. Het feit dat jij afdrukt is haar beperking, de vervalsing van haar herinnering. Wat je hier verricht is Sisyfusarbeid, het rotsblok van haar ervaring zal altijd en altijd terugvallen op jouw hoofd. Je projecteert op haar een uitgevuld beeld, een foto van rand tot rand. Wat zij heeft gezien was oningevuld beeld. Dat had geen grenzen. Dat had geen kader. Ze viel samen met wat ze zag. Ze wás het verdronken leven dat jij hier in negen delen aan de waslijn hangt.'

'En wat is dan de betekenis van dit negenvoudig beeld, dat Lizzy mij heeft gegeven? Het water, de cirkels, het ijs, de vlekken op haar netvlies – is dan niets van dat alles van enig belang? Is haar hele verhaal over zwarten en witten en kleuren volkomen leeg? Is het allemaal *Hineininterpretierung*?'

'Dat is precies wat het is. In iedere afdruk zien we jouw hand, jouw beperking, jouw keuze. Jouw stilering zo je wilt. Die jonge arts van wie jij zo gek werd, die was zo gek nog niet. Je kunt Lizzy's ervaring esthetiseren tot je een ons weegt, in zwart en in wit en in alle kleuren van de regenboog, het zal je geen enkel houvast bieden. Het blijft jouw invulling van haar leegte.'

Ik liep naar de archiefkast en trok de lade open, waarin haar foto's opgeborgen lagen. Op de tekentafel spreidde ik de verschillende afdrukken uit van die ene foto, waarin Lizzy de kringen in het water had vastgelegd. Bij nadere beschouwing ontroerde vooral de onnozelheid waarmee ze te werk was gegaan, de vrijwel volledige afwezigheid van contrast liet slechts het vermoeden van cirkels na. Toch was het mijn favoriet en ik legde dit Raya uit: gebogen over die talloze variaties van vage kringen in een zwart vlak lijkt het of je langzaam de draaikolk wordt ingezogen. Alsof je in een caleidoscoop staart die telkens hetzelfde beeld te zien geeft – met minimale variatie. Maar het meest intrigerend was dat dit beeld nooit verveelde, dat het iedere keer wanneer ik ernaar keek een andere gedachte opriep, een nieuwe associatie.

'Daarmee ben je er dus al,' stelde Raya vast.

Zuchtend schonk ik ons nog een whisky in. Ik wist weer waarom ik de eenzaamheid van de doka zo koesterde. Woorden, woorden, woorden.

'Gideon, gebruik nu eens je hersenen en leg dat bloedend hart het zwijgen op! Begrijp dan, dat het voor Lizzy niet anders zal zijn dan wat je nu zelf beschrijft. De herinnering, of de ervaring, of de beelden – welk woord je ook hanteert om haar blanco pagina te benoemen – zal zich telkens opnieuw aan haar openbaren. Dat laat zich niet fixeren. Daar zal ze mee opgroeien. Het zal met haar vergroeien. Het is als de vlinder die zich niet laat opspelden, zonder het leven te laten.'

'Probeer ik haar vast te pinnen?' vroeg ik geschrokken.

'Meer nog jezelf, misschien.' Ze gaf me een kus en schoot de doka uit.

Toen ik de volgende ochtend wakker werd voelde ik dat het bed naast me koud was en onbeslapen. Het ganglicht brandde, Lizzy leek in diepe rust, in de keuken stond de koffie in de thermoskan klaar. Ik ging terug naar de slaapkamer, trok een trui onder mijn ochtendjas aan en liep naar buiten, waar Raya op de veranda zat. Ze droeg de kleren van gisteren. De handen die de koffiemok omklemden zagen zwart van de aarde, rouwranden tekenden haar korte nagels. Ze glimlachte vermoeid toen ze me in de opening van de keukendeur zag staan.

Mijn god, dacht ik verbijsterd, die is gek geworden.

De tuin was één kale, modderige vlakte. Met een manische precisie waren alle rododendronstruiken met kluit, wortel en blad uitgegraven en op een grote hoop gegooid. De aarde was omgespit en aangeharkt, geen grasspriet stond nog overeind, geen wortel zat meer in de grond. Zakken verse potgrond had ze uitgestrooid; de slang waarmee ze kennelijk de tuin had besproeid drupte nog na. De bloesems van de omgehakte rododendron lagen als een gestrande wolk tegen het tuinhek opgestapeld.

Naast haar op de veranda lag een hoopje stekken.

'Ik kon even geen bloesemblad meer zien,' zei ze verontschuldigend.

'Mijn god,' zei ik, 'ben je gek geworden?'

'Nee mijn lief,' ze keek verbaasd naar me op, 'natuurlijk niet. Ik begin gewoon opnieuw.'

18

•

In de maanden die volgden trok Raya zich terug op zolder om de dozen uit te pakken, die sinds de verhuizing onaangeroerd waren gebleven. Het waren gure maanden. Bij het snorren van de haard leerde ik Lizzy de beginselen van het schaakspel, we aten warme appelbollen met vanillesaus en hielden de kachel hoog. Het was alsof, na de uitbundige ouverture van het voorjaar, de tijd was stopgezet: alsof de natuur haar krachten verspeeld had voor het goed en wel zomer was geworden. Het volle blad aan de bomen krulde, de wortels rotten in de grond, de vogels zwegen. De zomer stond dat jaar niet op zichzelf, maar was slechts een luwte in de tijd tussen de lente en de herfst.

'De zomer houdt geen belofte in, hij moet haar hooguit gestand doen; een wolkeloze hemel is na negen maanden kwakkelen geen gunst, maar een verworven recht. Van alle seizoenen is de zomer het minst te benijden.'

Raya was weer begonnen met haar briefjes, ik had ze gemist. Het stelde me gerust een kladje aan te treffen, op de theemuts gespeld ditmaal. De vertrouwdheid van haar gedachten was inmiddels groter dan de intimiteiten die we deelden. We waren bijna zes jaar bij elkaar.

Een van de grootste stommiteiten die ik in mijn leven heb begaan, is dat ik haar briefjes niet heb bewaard. Nu denk ik: het was het belangrijkste wat ze me heeft gegeven, een notenapparaat bij ons leven, de topografie van haar brein. Maar het begon zo terloops, zo triviaal dat ik het belang ervan pas inzag toen het te laat was, toen de eerste hoofdstukken van haar biografie al in de prullenbak lagen.

'Noteer je mijn briefjes ook in je schriften?' vroeg ik voorzichtig nadat ik mijn onnadenkendheid gewaar was geworden. Ze was zo discreet geweest niet te vragen wat ik met haar briefjes deed. Meestal nam ik ze mee naar de doka, las ze nog eens over, stopte ze na enige tijd in een lade totdat de periodieke Grote Schoonmaak kwam en ze in de papierbak belandden. Maar nee, ze schreef ze niet in haar schriften: de briefjes waren voor mij, de schriftjes voor haar of voor Lizzy. Dat hield ze graag gescheiden. Bovendien beviel het haar wel, dat losbladige: 'Ik ben altijd een beetje huiverig voor mijn woorden. Als ik ze uitspreek of uitspin op papier lijken ze zo onwrikbaar dat het onzinnig wordt.'

'Onwrikbaar is niet zo onzinnig, Raya,' hield ik haar voor. 'Je moet toch durven staan voor wat je denkt, of voelt, of doet?'

Ze keek me plagend aan en zei gemeen: 'Ik weet dat je ze weggooit, dat is een hele geruststelling.'

In de serre stond een rafelige verhuisdoos tot de rand toe gevuld met mapjes negatieven en losse foto's van ons leven, van het huis, van barbecues met vrienden, van uitstapjes naar zee. Het ergerde me mateloos dat de doos niet werd uitgepakt, dat de foto's niet werden ingeplakt. Ieder mapje dat terugkwam van de Hema of het lab verdween in die doos. Ongedateerd. Ongeordend. Soms zelfs ongezien.

'Het leven is niet losbladig,' zei ik.

'Dit representeert niet ons leven,' zei zij.

Het zijn juist dit soort onbenulligheden die aan het licht brengen dat het sediment verschuift. Maar zie dat maar eens te begrijpen als je er middenin staat. Haar neiging om foto's in een doos te flikkeren raakte mij persoonlijk, ik was degene die ze nam, het beeld was mijn taal, mijn leven. Maar ook: die kiekjes vertegenwoordigden het leven dat we deelden, hoe lelijk, onscherp of betekenisloos ze ook konden zijn. Haar achteloosheid ergerde me, en trof dieper.

'De denkfout die je maakt, Gideon,' – daar gingen we weer, ik had de discussie over de fotodoos weer eens ingebracht en hop! de vlam sloeg in de pan – 'de fout die jij maakt is dat jij denkt dat structuur en ordening vanzelf leiden tot houvast in het leven. Maar draai het eens om: waardoor rot het water in die vaas? En waardoor rotten de bloemen mee? Houvast, Gideon, is stilstand. En stilstand leidt tot ontbinding.'

'Jij verdomt het om je waar dan ook aan te committeren, Raya! Ja, je dochter – dat is het enige waarin je onvoorwaardelijk bent. De rest van je leven is omgeven met mitsen en maren en spitsvondige terzijdes. In alles ben je stellig – behalve in jezelf.'

('Te denken dat er zoiets bestaat als houvast of zekerheid is de grootste valkuil van het leven. Het streven alleen al is vragen om moeilijkheden, want ieder houvast zal je ontnomen worden, of ontneem je jezelf. Overgave, committeren, zei jij, is iets anders. Overgave is loslaten. Overgave vraagt om snoei en groei, maar misschien moet dat wel andersom.' – lag in de schuur op de Miele van mijn moeder, naast de bonte was.)

'Kom mee naar boven,' zei Raya. Brechje was die ochtend gekomen om Lizzy mee te nemen naar het circus. Daarna zouden ze frieten eten met suikerspin toe en zou Lizzy blijven logeren. Het huis was stil en leeg, spaarzaam waren de momenten waarop we met ons beiden waren. Zo spaarzaam, dat ik er moeilijk aan kon wennen. Ik voelde me opgelaten als een ballonnetje zonder touw.

Met een dienblad theeglazen in de ene, en de cognacfles in de andere hand beklom ik de vlizo-trap naar zolder. Ik kwam er niet vaak; ik kwam er niet graag. De geur van zware shag en bakolie en van onvervuld verlangen hing tussen de hanenbalken. Ik stak mijn hoofd boven de vliering en zag mijn Raya zitten tussen bergen papier: brieven, ansichtkaarten met een verweerd rubbertje erom, oude schoolrapporten. Fotoalbum.

Ik reikte haar de thee en een scheut cognac. Op haar schoot lag het album van Annetje Slik, in aandoenlijke hanenpoten stond de naam erop geschreven: 'Annetje Slik 1960 – 1970.' Het deed me denken aan een grafschrift.

Ze schoof naar me toe en sloeg het open: grijs karton met grauwe kiekjes uit een andere wereld, uit een ander leven. In het geoefend schoonschrift van haar moeder stond bij iedere foto tekst en uitleg: *Straatfeest t.g.v. Koninginnedag* (Raya, een jaar of 6, beteuterd met een zotte kroon op haar hoofd); *Verjaardag Moeder: 55 jaar!* (oude koppen boven slagroomgebak, Raya in een onmogelijk jurkje op schoot); *Zomer 1965* (in de zandbak poserend bij een batterij veel te volmaakte zandtaartjes). Zwijgend bladerde ze door het boek, dat kennelijk met grote zorgvuldigheid door Gonnie Slik was samengesteld. Het leek Raya vooral te bedroeven.

'Hierom, mijn lief, koester ik zo'n weerzin tegen het inplakken van foto's.'

Ik bladerde door het album van haar jeugd, de enige periode van haar leven die goed gedocumenteerd was, en moest de troosteloosheid beamen. De gezichten. De bijschriften. De feestelijke momenten.

'Zó treurig is ons leven toch niet?'

'Zolang het verleden in een schoenendoos ligt kun je ten minste de illusie koesteren dat het nog niet vaststaat, dat er nog iets te marchanderen valt,' zei Raya zonder acht te slaan op mijn ironie. 'Zodra je de beelden selecteert, inplakt, van tekstjes voorziet, gaat het boek van je verleden dicht. Zodra je dat sluit, verlies je onherroepelijk een deel van jezelf. Je plakt je eigen verleden vast, in een boek – buiten jezelf.'

Ik wees op de hanenpoot op de kaft van het album: 'Het doet inderdaad denken aan een grafschrift,' beaamde ik.

'Alle bedoelingen, ook goede bedoelingen Gideon, komen op losse schroeven te staan als je ze fixeert.'

'Je kunt ook andersom redeneren, Raya. Veel bedoelingen, ook de goede, worden pas zichtbaar als je ze in hun context plaatst. Het leven blijft hangen in vrijblijvendheid als je het niet aandurft keuzes te maken: selecteren, weggooien, knippen, plakken. Dan pas krijg je een verhaal, komt de betekenis aan de oppervlakte drijven.'

'Je hebt gelijk,' zei ze, 'maar het gevaar van ieder verhaal is de afronding. Dat bevalt me zo aan duizend-en-één-nacht: Sheherazade vertelde tegen de klippen op, zonder kop of staart, louter om de dood te bezweren. Het gevaar van onze verhalen is dat we proberen te benoemen, en daarmee te beheersen. Met woorden bezweren we het leven. We zijn er bang voor. Wij haten open eindes.'

In de hoek van de zolder snorde de kleine petroleumkachel. Onder het tochtige zolderdak was het nog herfstiger dan buiten. We dronken thee en kropen dicht tegen elkaar aan. We struinden door de papieren van haar verleden. Een stapel ansichtkaarten vloog in de richting van de vuilniszak. 'Het is ongelooflijk hoeveel rommel in het sleepnet blijft hangen,' lachte ze. Gebiologeerd bleef ik in het fotoalbum bladeren. Een prentje viel eruit, een fotootje van twee kleine meisjes. In het ene gezicht herkende ik de kleine Raya, het andere gezichtje was merkwaardig groot en oneffen.

Ik toonde haar het fotootje: 'Je moeder moet deze vergeten zijn.'

Ze keek op en schudde bedachtzaam het hoofd. 'Nee,' zei ze, 'niet vergeten, maar verdomd.'

'Wie is dat meisje?'

'Dit illustreert nou precies wat ik bedoel.'

'Wie is dan dat meisje?'

Raya nam het fotootje uit mijn hand en keek er aandachtig naar. 'Edda,' hoorde ik haar zeggen. 'Edda. Aka. Aka.'

Mompelend zocht ze de weg terug in haar geheugen, alsof ze weer met de kaart op schoot *Oldorp* zei, en *Holwinde*. Ik volgde haar met mijn ogen, ze raakte aan onontgonnen land dat ik niet kende, dat ze zelf misschien nog niet had verkend.

'Waar ben je, meisje?' vroeg ik na een tijdje.

Ze keerde terug naar de tochtige zolder en glimlachte naar me. Daarna stond ze op, ging de trap af en kwam even later terug met een asbak en sigaretten.

'Houvast nodig?'

'Houvast nodig,' beaamde ze, en ze stak een sigaret op.

'Aka kwam bij ons wonen toen ik een jaar of vier, vijf was. Ik woonde nog met mijn moeder bij mijn grootouders in. Ik moet me hebben verveeld, of misschien was het iets anders, iets wat ik nu voorzichtig begin te begrijpen. Kijk: als kind moet ik hebben gevoeld dat mijn moeder om mij was getrouwd met haar Spaanse flirt en dat ze, ook om mij, daarna weer bij haar ouders is ingetrokken. Het was niet het leven dat ze zichzelf had toebedacht, daarvan ben ik overtuigd. Gonnie Slik had andere plannen met haar toekomst. Ze wilde vroedvrouw worden. Mijn bestaan gooide roet in het eten. Ik maakte dat zij een moeder werd. Ik moet het hebben geweten.

Aka woonde in de kelder van mijn grootouders, tussen de weckpotten rabarbermoes en de uitgelopen aardappelen. Ze woonde er voor straf, het was een stout kind. Als ik melk op het tafellaken had gemorst kreeg ze van mij een klap. Als ik mijn zondagse jurkje had vuilgemaakt of in mijn broekje plaste moest Aka het ontgelden. Middagen lang bracht ik door in de kelder om Aka streng toe te spreken en om haar uit te leggen hoe het allemaal hoorde. Maar ik bleef ook bij haar omdat ze bang was in het donker, bang alleen in die vochtige kelder, bang voor de spinnen en voor de muizen die er huisden. Ik nam haar in mijn armen en zong liedjes om te troosten.

Mijn moeder vond het maar niks. Steeds meer tijd bracht ik door op de keldertrap. Ik nam er mijn boterhammen mee naar toe, ik las er prentenboeken voor. Ze hoorde me praten, hoorde me tekeergaan tegen dat denkbeeldige meisje dat in de kelder woonde; hoorde me huilen omdat ik Aka te hard had aangepakt en spijt kreeg. Wat begonnen was als verzinsel, om mezelf wat aanspraak te geven, werd een realiteit. Ik kon geen dag zonder Aka. Ik kon geen moment zonder Aka. Ik werd zelf het meisje dat in de kelder woonde.

Mijn verjaardag kwam en mijn moeder besloot een feestje te geven. Ze had van pannenkoeken een Hans-en-Grietjehuis gemaakt en nodigde een meisje uit om het met mij op te eten. Ella was een paar jaar ouder dan ik en woonde bij ons in de straat. Ze was zwakzinnig. Ze kon haar eigen naam niet zeggen, ze had zo'n dikke mongolentong, vandaar dat ze zich Edda noemde. Eigenlijk kon ze helemaal niet praten, maar ze kon geweldig luisteren. Het leek een goede zet van mijn moeder: Aka verdween uit beeld.

Edda werd mijn nieuwe lappenpop. Edda was mijn Aka, maar dan van vlees en bloed. Na verloop van tijd kon ik ook niet meer zonder haar – en zij niet zonder mij. En dat begon te hinderen: Edda wilde wat van me, Edda wilde vriendinnetjes zijn. Aka was veilig geweest: op haar kon ik het leven oefenen. Ik dacht dat Edda ook veilig was omdat ze niet kon praten. Maar ze bleek behoeften te hebben. Ze bleek me nodig te hebben. Ze was, hoe zwakzinnig ook, inderdaad van vlees en bloed.

Op een warme zomerdag gingen we zwemmen en heb ik geprobeerd haar te verdrinken. Het was nogal naïef van mij, Edda was dan wel stom en zwakzinnig, maar veel groter en sterker dan ik. We deden het spelletje van kopje-onder en ik probeerde haar onder water te houden. Ze verzette zich. Ze nam een hap uit mijn schouder en het badwater kleurde rood. De badmeester zag het op tijd. Niet lang daarna verhuisden we.'

(Als ik al haar woorden op sterk water had gezet, als ik haar briefjes had bewaard en ze zorgvuldig had gearchiveerd – met datum, met vermelding van vindplaats en van de omstandigheid waaronder ze waren geschreven – had ik dan een gewaarschuwd man kunnen zijn? Had ik aan haar woorden het gerommel in de buik van de vulkaan kunnen aflezen, zoals een minuscule uitslag van de seismograaf een uitbarsting op termijn voorspelt?

Bij nader inzien is het gemakkelijk praten; bij nader inzien valt alles wel te duiden in de richting van de uitkomst. Toch: in die koude zomer begon Raya te praten. Het was een veeg teken, maar misschien is achteraf ieder teken veeg – is iedere veeg veelbetekenend. Als vlinders van Rorschach.)

Die avond vierden we dat we elkaar zes jaar geleden hadden leren kennen. We reserveerden een tafel voor twee in El Regalo, we verheugden ons op de onbetaalbare wijnen die we zouden bestellen. We stonden te giechelen voor de passpiegel om ons mooi te maken. Raya lakte haar nagels rood. Een lichte gêne overviel me toen ik haar gadesloeg bij het opbrengen van haar make-up: het was intiem geworden. Het mooi-maken voor elkaar was geen vanzelfsprekendheid meer, het had zijn alledaagsheid verloren. We poepten met de deur op een kier, maar verleiden was met schroom overladen.

Tussen het toetje en de koffie dronken we onszelf toe. We gaven elkaar een cadeautje. Raya had een steendruk laten maken van een van de eerste schetsen die ik van Lizzy had gemaakt: een kinderlijfje opgekruld als een larve in een wolk van witte lakens, haar tenen een nest blinde muizenbaby's in de plooien van het linnen.

'Het is je beste zelfportret,' zei ze.

Ik had voor haar een laptop gekocht. Die middag na haar verhaal op zolder sprong ik op de fiets, reed naar een winkel en schafte een peperduur, lichtgewicht computertje aan dat ze overal en altijd bij zich kon hebben.

'Het wordt tijd dat jij dat boek gaat schrijven dat je bent,' zei ik, plotseling ontroerd, 'te veel van wat je zegt ben ik vergeten, te veel van wat je hebt geschreven is weggegooid. Ik wil je vragen opnieuw te beginnen.'

'Het is al begonnen,' zei ze.

19

De dood deed zijn intrede in ons huis toen die ochtend de bel ging en ik in het tegenlicht van de deuropening een donkere gestalte zag staan.

Het was de huisarts.

Ik had hem gebeld. Het was me ontschoten. Ik had gebeld zoals ik vroeg in de ochtend zou hebben gebeld om een herhalingsrecept. Kort. Zakelijk. Om snel te vergeten:

'Henk Siebold,' zei de man in de hoorn.

'Salomon,' antwoordde ik. 'Zou u kunnen langskomen om de dood van onze dochter vast te stellen?'

Het bleef ijzig stil aan de andere kant van de lijn.

'Lizzy,' schoot ik hem te hulp, 'Lizzy Mira Salomon.'

Daarna bleef het opnieuw langdurig stil.

'Wat was het adres?' vroeg de man.

'Oude Houtstraat 33,' antwoordde ik.

'Ik kom eraan,' zei hij, waarna de verbinding werd verbroken.

En nog drong het niet tot me door. De man zou komen, dus zette ik verse koffie. Raya nam een douche. Het was vroeg in de ochtend, hoe vroeg weet ik niet meer, buiten kwinkeleerden de vogels. Ze houden hun mond als de mensen het leven overnemen, als keukendeuren en -ramen geopend worden en geluiden van een nieuwe dag, van startende brommers en bouwradio's de stilte overstemmen.

Nu zongen ze nog.

Nadat Raya had gedoucht, verschoonde ik de lakens van Lizzy's bed. Raya zat op de stoel met het kleine lichaam op schoot. Ik had het raam van haar slaapkamer geopend, de buitenlucht rook naar vocht en bladeren.

'We moeten haar ogen sluiten,' zei Raya, 'ik krijg ze niet dicht.'

Ik keek naar Lizzy, één oog was geloken, het andere stond open. Ze leek voortdurend naar mij te knipogen. We legden haar terug op haar bed. Ze was naakt, de prille warmte van de dag drong door tot de kamers van het huis. Raya dekte haar toe met een laken. In de keuken vulde ik twee ballonnetjes met lauw water en knoopte ze dicht. Ik legde de waterzakjes op haar ogen – een rood en een geel. Daarna sloten we de deur.

Met een arm vol linnengoed liep ik naar de schuur en pro-grammeerde de oude Miele van mijn moeder: niet te heet, bio-logische vlekken branden in het katoen als je op 90° wast, niet te koud, dan krijg je de poep er niet uit.

Daarna dronken we koffie op de veranda en luisterden naar het monotone gezoem van de wasmachine, totdat de deurbel ging.

Ik opende, de arts en ik schudden elkaar ongemakkelijk de hand, ik ging hem voor naar Lizzy's kamer. Verbaasd keek de man naar de hartvormige krans van ballonnen op haar slaapka-merdeur en naar de guirlandes in de hal.

'Ze is jarig vandaag,' verontschuldigde ik, 'vijf geworden.'

Even stonden we woordeloos in het schijnsel van de blauwe gordijnen aan het voeteneinde van haar bed, in afwachting van het onvermijdelijke. Toen deed hij een stap van mij weg, sloeg het laken terug en vroeg: 'Mag ik haar aanraken?'

Ik keek naar Raya die in de deuropening stond. Ze knikte.

Daarna begon het betasten.

Al die tijd had ik naar haar gekeken, had ik naar Lizzy gekeken als mijn dochter. Als míjn dochter. Ik keek naar haar huid die mij had toebehoord; een vel blank en ongeschonden, bezaaid met blauwe plekken van de gymles en van een vrolijk leven. Ik keek naar de handen, de brokkelige nagels waaronder verfresten waren te zien. Niet altijd wasten we haar grondig voor het slapengaan, vaak volstond de waslap: *De rest gaat er in bed wel af.*

Maar haar zwarte haren glansden alsof ik ze die ochtend nog had gekamd.

Hoe lang behoort het lichaam van een kind de ouder toe? Wanneer gaat de deur van de wc op slot, wanneer de handen voor de borstjes, wanneer begint de schaamte – voor het eigen lichaam, voor de blikken van een vader? Wanneer scheiden de genen van ouder en kind zich, wordt het jonge lichaam een zélf, een eigenstandig wezen? Niemand had haar bij leven mogen betasten, niemand had haar in deze naaktheid mogen aanschouwen: dit lichaam was heilig, heiliger dan het mijne. Ze had me toebehoord.

Nu keek de arts voor mij – en was ze een lijk geworden. Lizzy was verdwenen. Ze was een lichaam buiten mijzelf. Minder nog: haar lichaam was een object van onderzoek. Van afgrijzen. Van verwijdering.

En toch... toch zag ik als in een heldere flits mijn dochter zoals zij geweest moet zijn. Ik kon haar, voor het eerst wellicht, zien zonder het floers van mijn projectie: de projectie van mijn angsten en dromen, van mijn bedoelingen met het leven. Mijn bedoelingen met haar. Zoals ze daar lag, bekeken en betast door een wildvreemde – al was het Siebold, al was het de huisarts die haar de eerste prik had gegeven, die de navelklemmen had verschoond, die haar schaamlipjes uiteen had gevouwen en haar aan de haak had gewogen – onder de blik van deze vreemde ogen keerde ze terug naar zichzelf. En keerde ze zich van me af.

Misschien is dit het enige moment in een mensenleven waarop we ons tonen zoals we werkelijk zijn, het enige moment waarop we ons niet bewust zijn van onszelf, of van de blikken van een ander. Het enige moment waarop we niets meer hoog te houden hebben: het moment waarop we dood zijn.

Pas op haar sterfbed begreep ik dat Raya gelijk had gehad. Lizzy had me nooit toebehoord. Ik had mij haar toegeëigend.

(Zo er een landschap van herinnering bestaat, bestaat er ook een landschap van troost? Of is troost niets anders dan het inzicht dat het leven een aaneenschakeling is van onvolkomenheden? Maar zelfs in dat landschap van troosteloosheid moest er toch houvast zijn – een boom om achter te schuilen, een beeld om in te verdwijnen, een woord om toe te dekken?)

Daags na het overlijden van Lizzy begon het te regenen. De staalblauwe hemel waarmee de dag begonnen was was niet betrokken, maar stomweg verbleekt tot een bloedeloos grijs. In de avond vielen de eerste druppels, het roffelen op de veranda groeide uit tot een eentonig murmelen dat de hele nacht aanhield.

We waakten bij haar bed.

Het meisje dat eens mijn dochter was geweest verwerd tot een schim, een cocon in witte lakens. We zaten bij haar en observeerden het proces van versterven, totdat het lichaam stijf was, de schaduw van de dood over haar ledematen trok, de mond verstarde in de anonieme grimas van de *rigor mortis*.

Lizzy was weg.

Ik sloeg het laken over haar gezicht en nam Raya bij de hand.

We liepen naar de tuin, waar het regenwater geulen had ingesleten in de barre grond. Het was niet koud, de nachtelijke bui was zacht en zomers geweest. Tussen de rottende bloesems van de gesneefde rododendron steeg de damp uit de aarde op. Raya zette de stoelen opzij, ik droeg in mijn armen het schone, droge linnen dat die ochtend in de Miele was gegaan en gooide het aan haar voeten. Uit de serre haalde ik een fles La Mission-Haute-Brion 1991 die er had staan acclimatiseren, en ik schonk de glazen vol. Raya spreidde de lakens uit op de klamme planken van het terras. We toastten en dronken. Daarna vreeën we, met de dood op onze hielen.

We dronken. We huilden. We beminden elkaar tot de ochtend kwam.

'Nog niet eens zo heel lang geleden wist iedereen waar hij vandaan kwam, met wie hij zou trouwen, wat hij later worden zou, en hoe hij begraven werd,' zei Raya.

'Een hele geruststelling,' chagrijnde ik, en ik bladerde moedeloos door de folders van crematorium Zuyderveldt en rouwcentrum Nakend Oosten.

De keukentafel lag bezaaid met ingetogen reclamemateriaal waarin doodgravers, crematoria, 'natuursteenhouwers' (hoe verzinnen ze het), humanistisch raadslieden en bloemsierkunstenaars – jawel – hun bijdrage aan het sfeervol ter aarde bestellen van onze dochter aanprezen.

Alleen dat al was een reden om haar lichaam op een eigenhandig gebouwde brandstapel te leggen.

'Mogen we het ook zelf weten?' had Raya de begrafenisondernemer toegebeten, die ons namens De Onderlinge kwam bezoeken. We wisten niet eens dat we verzekerd waren – dat scheen bij ons totaalpakket te horen – de man wist niet beter dan dat hij allerwelkomst zou zijn om ons ter zijde te staan. Raya was des duivels dat hij zomaar durfde binnenstappen; hij moet gevreesd hebben dat ze hem ieder moment naar de strot zou vliegen. Ook mij had het niet verbaasd.

We mochten het allemaal heus zelf weten, haastte hij zich te zeggen, en hij liet de mappen achter die hij onder de arm had gehad.

'Cremeren?' vroeg ik mistroostig.

'Handjevol as verspreiden boven zee en *woesh* – weg,' zei Raya, 'ik zie het helemaal voor me.'

'Strooiveld speciaal voor kinderen,' las ik voor uit de folder, 'bezaaid met wilde bloemen, omzoomd door eeuwenoude beukenhaag. *Stiltemoment.*'

We keken elkaar vertwijfeld aan.

'Wegwezen,' zei ze.

'Wegwezen!' zei ik.

We pakten de auto en begonnen te rijden.

Op het kerkhof van een klein wierdedorp ging de picknickmand open. Er zat een magistrale schapen-keutelkaas in, die een uur in de wind stonk en nog illegaal was ook. Je mag geen kaas maken van keutels, daar kun je ziek van worden, vindt de Keuringsdienst van Waren. Er zat de allerbeste Châteauneuf-du-Pape in die ik had kunnen vinden. Er zaten jonge spinazie-blaadjes in, liefdevol toegedekt met vochtig keukenpapier, voor op de knoflookboterhammen. Er was een droge worst die het midden hield tussen chorizo en de variant met kruidnagel die ze in het noorden eten, en die alleen bij onze Turk te krijgen was.

Er zaten aardbeien in, meer dan ons lief was: ponden aardbei met suiker in een tupperware-doosje.

Net buiten de slagschaduw van het oude kerkje spreidde ik het badlaken uit, tussen het bemoste graf van Helmer Tjallens (1797), en dat van Tietje Wolmantel (1862). Vandaar zagen we uit over het weiland en de leilinden die de pastorietuin om-zoomden. Het groen van de linde hing zwaar aan de knotten. De eerste bladeren lagen op het gras.

Gedachteloos raapte Raya wat dor blad van de grond. 'De zo-mer is het jaargetijde van versterven, de herfst bevestigt alleen maar het vermoeden. En in de winter is het een feit.'

We lagen op onze rug en luisterden naar de ongekende stilte van het platteland, de roep van een vogel, het druppelen in de afwateringssloot, de natte banden van een auto die in de verte voorbij reed. We keken op toen een vlucht zwanen over onze hoofden scheerde. Er zaten grauwe jonkies tussen. Zacht klonk de luchtverplaatsing onder de reusachtige vleugels – *woesh woesh.*

Daarna was het weer voorbij.

We liepen over het oude en verlaten kerkhof, aan het jongste graf te zien had de laatste begrafenis binnen de bebouwde kom plaatsgevonden in 1931. Bij aankomst hadden we tussen de weilanden even buiten het dorp de nieuwe begraafplaats zien liggen. Het had geen kerk maar een bijgebouwtje voor de schoppen en de harken en misschien ook voor het kopje-koffie-na. Bij een kleine, wat scheefgezakte en verweerde grafsteen hielden we stil.

Auke, februari 1818 – maart 1818 luidde het grafschrift. Eron-der:

Auke, december 1818 – september 1819. Daaronder:
Aukje, mei 1820 – juni 1823.

Raya wees naar de achterzijde van het kindergraf: ZALIG IS DER KIND'REN LOT. VROEG GESTORVEN, VROEG BIJ GOD stond er gebeiteld.

'Wat een lef,' verzuchtte ik.

'Wat een moed,' zei ze.

We aten de picknick in stilte. De schaduw van de kerk trok ongemerkt over het badlaken, dat langzaam vochtig werd. We dronken de wijn uit en voerden elkaar zwijgend aardbeien met suiker en gele room. Tranen liepen over mijn wangen en bleven stromen – huilen was het al niet meer. Raya was doorschijnend en bleek als een zieke. Ze rilde over haar hele lichaam. Ik legde haar op mijn schoot en sloeg de plaid om haar heen. De avond viel in.

'Ik kan geen woorden meer vinden,' zei ze ontzet, en staarde naar de hemel. 'Ik dacht… dacht dat de woorden als vanzelf zouden komen.'

Daarna was het lang stil. Vanachter de pastorie viel het eerste licht van de maan over het kerkhof. Het werd nog stiller dan die dag.

Toen kwam ze langzaam uit mijn schoot overeind en schudde de plaid van zich af. Ik keek opzij, wilde mijn hand reiken – en trok schielijk terug. In het licht van de opkomende maan zag ik een eens vertrouwd gezicht veranderen in het masker van een beest: haar ogen sperden zich als knikkers, haar iris draaide weg, haar mond ging open, haar lippen barstten tot bloedens toe. Vanuit haar borst zag ik een schreeuw omhoogkomen; eerst was er nog niets, een zucht, een laatste adem – daarna weerklonk door de nacht op het kerkhof de verscheurende kreet van een stervende wolvin.

•

Zo er een landschap van herinnering bestaat, schreef Raya, bestaat er ook een landschap van troost? Of is troost niets anders dan het inzicht dat het leven een aaneenschakeling is van onvolkomenheden? Maar zelfs in dat landschap van troosteloosheid moet houvast zijn – een boom om achter te schuilen, een beeld om in te verdwijnen, een woord om toe te dekken.

Niet de tijd zal wonden helen, maar de vergetelheid. Of nog banaler: onze vergeetachtigheid.

We vertellen elkaar verhalen van onsterfelijkheid – en dat is wat ons rest. Daarin leven we voort. Om de eindigheid te bezweren vertellen we verhalen van hoe het was, van hoe het worden zou. Net zo lang tot de verhalen werkelijkheid worden, en dat wat werkelijk was vergeten wordt.

20

•

We begroeven Lizzy op 5 september 1996 op een kleine begraafplaats niet ver van de dijk, waar water en lucht elkaar raken. Er
was in geen honderd jaar een graf gedolven; het nabijgelegen
gehucht was reeds lang verlaten, de bewoners hadden zich naar
elders verplaatst waar de melkcoöperatie voor nering zorgde.
Toch bleek, na enig speurwerk, geen enkel document te bestaan dat begrafenissen op deze plaats verbood.

Raya zette zich aan de naaimachine en naaide van twee kleine
paarse jurkjes één, met linten voor om het middel en met lange
mouwen, om de sinistere vlekken op de armen toe te dekken.
Zij kleedde haar aan; ik borstelde de haren. Daarna legden we
haar in de kist voor vertrek.

Brechje en Jelle vergezelden ons. Samen reden we naar het
noorden, samen droegen we de kist, samen lieten we haar zakken, samen dekten we haar toe met vette klei. Op het graf plant-
ten we een jonge sterappel.

Bij het café in het naburige dorp huurden we kamers en dronken tot de ochtend kwam. Daarna gingen we terug naar het graf.
Het was bezaaid met bloemen, briefjes, knuffeldieren, tekeningen en ballonnen.

De rouwkaart had hen, die haar hadden liefgehad, op tijd bereikt.

Jelle verkocht villa Het Hemeltje aan een projectontwikkelaar,
nog voordat er een spijker in de muur was gegaan. Met Birgit

betrok hij een penthouse, niet ver van waar wij woonden. Brechje vertrok naar Amerika op uitnodiging van het MIT, waar ze een fellowship had aangeboden gekregen. Haar ster rees snel in de wereld van de theoretische natuurkunde. Ze trouwde een blinde pianist en schreef trouwhartig brieven naar Nederland.

Op mijn verjaardag, twee maanden na Lizzy's dood, kreeg ik van Raya een bundel gedichten. Ze had hem zelf samengesteld, laten zetten uit lood, laten binden in leer. 'Je moet ergens opnieuw beginnen,' zei ze. We reisden de dichters achterna.

Bij terugkomst in Nederland gingen we naar Lizzy onder aan de dijk. De bloemen waren vergaan, de tekeningen verwaterd, de deksteen bedolven onder rottend blad. We verzamelden het zwerfvuil en schoonden het graf op om ruimte te maken voor de kleine sterappel.

Iemand had ernaast een plantje gepoot. Het bleek rododendron te zijn.

3

●

Doen

21

•

De profetieën hebben afgedaan, de tongen zijn verstomd, kennis heeft afgedaan. Ons rest niets dan een pril fossiel dat zich een weg vreet in de jongste lagen van onze herinnering. Het kindergelaat verwordt tot verstarring, haar beeld voor altijd ingeprent, nooit meer zichtbaar anders dan in het nabeeld dat oplicht uit het moeras van ons geheugen.

En onder dat moeras deint in het oude veen haar leven, geborgen, tot stilstand gekomen bij 5 jaar: na 60 maanden, 260 weken, 1820 dagen, 43.000 uren leven.

•

Het denken had iedere daadkracht verloren. Aanvankelijk had het denken gediend als vijgenblad voor onze schaamte. We schaamden ons voor het aloude brandmerk van slecht ouderschap: we hadden ons kind niet kunnen behoeden voor een vroegtijdige dood. We schaamden ons voor de pathetiek die een kinderdood aankleeft, de meewarige blikken waarop geen antwoord mogelijk is. Schuldig voel je je bij iets waaraan je schuld hebt; schaamte als het je is aangedaan.

We schaamden ons door te leven.

Tegenover de schaamte plaatsten we de ratio. Ze was niet om niet gestorven zeiden we tegen elkaar: ze was een muze geweest. Ze had ons van oneindig veel liefde voorzien. Ze had ons voorgoed verbonden: meer nog dan het huwelijk, meer nog dan haar leven was haar dood één en ondeelbaar van ons beiden. De wig die het ouderschap had geslagen leek door het verdriet overbrugd – nee, geen brug: het verdriet was als een reusachtig rotsblok, van de helling losgescheurd en omlaaggerold, dat het ravijn versperde en onze bergtoppen met elkaar verbond.

Maar verdriet is geen rotsblok. Je kunt er niet tegenaan schoppen. Je kunt het niet met wilskracht aan stukken slaan. Je kunt er niet om- of overheen. Verdriet overkomt je. Het bevangt je. Het verdriet om haar dood bleek een dichte nevel die soms sluipend, soms verraderlijk snel op ons neerdaalde en ons het uitzicht benam zonder houvast te bieden. We hadden even gedacht dat we de oversteek konden wagen, het was een fata morgana. Het rotsblok bleek een witte wolk.

We ontbeerden een vocabulaire om te benoemen waar we stonden. Rouw is zo veelomvattend dat ieder woord algauw nietszeggend is: verdrietig, treurig, terneergeslagen, somber, gedeprimeerd, bedroefd – de woorden waren er wel, maar ze misten precisie. Dat eskimo's een veelvoud aan woorden nodig hebben om de sneeuw te omschrijven die hen dagelijks omringt begreep ik maar al te goed: als het draait om leven en dood kan een woord niet exact, de achterliggende betekenis ervan niet subtiel genoeg zijn. Het is bepaald geen luxe om onder polaire omstandigheden te weten wat de aard van sneeuw is (de oorzaak, de bijkomstigheden, de locatie, de hoeveelheid, de dichtheid) en wat het gevolg. Dat alles moet in dat ene woord gevat zijn, anders is het woord zelf nodeloos en gedoemd te sterven.

Het gevaar van het bestaan van woorden is dat je ze gebruikt – bij gebrek aan beter; dat je ze inzet ter verheldering, maar dat vertroebeling het gevolg is. Het gevaar van een gedeeld verdriet is dat je denkt het te delen, dat je denkt dat de woorden die je wisselt en de tranen die je laat begrijpelijk zijn, navolgbaar voor de ander. Het is minstens zo gevaarlijk als het gebruik van een verkeerde 'sneeuw'.

Het wak loert: ach, je begrijpt me wel.
(Nee, ik begreep je niet. Maar dat is achteraf. Als een van beiden in het wak is gelopen.)

We raakten aan een doodlopende weg.

Naast de ijzige stilte in huis nu de kinderstem was verstomd, groeide ook een stilte in ons, tussen ons. 'Woorden zijn een slecht huis om in te wonen,' zei Raya, en ze verruilde de schriftjes voor haar laptop. Ze schreef de uren weg die nu te over waren. Ik trok me terug in de beschutting van de doka en boog me over de gedichten. 'Je kunt esthetiseren tot je een ons weegt,' had ze gezegd, 'het zal je geen houvast bieden. Het blijft jouw invulling van de leegte.' Het was waar ik me nu bevond. Deze leegte liet zich niet invullen, deze leegte kon alleen nog met een omtrekkende beweging draaglijk gemaakt worden. Ik bestudeerde de gedichten en zocht naar de metafoor.

Toen de winter zich aandiende en de eerste sneeuwvlokken aarzelend neerdaalden op de kille grond hield ik het niet meer uit. Overal zag ik kindjes, die bonte eendjes voerden in een inktwak... – mijn hart bevroor. Het besluit was snel genomen. Het huis werd onderverhuurd via een betrouwbaar bemiddelingsbureau; Raya pakte de koffers, borg onze persoonlijke bezittingen op zolder op en sloeg haar laptop dicht voor vertrek. We hadden geen termijn gesteld. We bleven weg tot het voorjaar kwam – en dat was aan ons om te bepalen. We vertrokken, op een stralende wintermorgen, in de richting van het eiland Sylt.

Ik heb nooit werkelijk geloofd dat er een landschap van herinnering zou bestaan, ik heb nooit geloofd in het landschap van de troost. De zinnen van Raya bekoorden me, ontroerden me, maar bleven een abstractie. Haar ideeën vormden een rationeel bouwwerk dat ze met woorden behing als zilveren kerstballen in de boom: het waren spiegeltjes en kraaltjes voor de ziel. Maar op het strand van Sylt brak iets van licht door het wolkendek. Het was niet grijpbaar, het was nog geen inzicht. Toch groeide

een vaag vermoeden dat achter die verblinding van woorden
een waarheid stak, dat de waarheid die zij trachtte te verwoor-
den groter was dan die woorden zelf.

De vloed die opkomt, wist de weg door 't wad
en alles wordt, waar je ook kijkt, gelijk;
maar ginder ligt nog een klein eiland dat
de ogen sloot; verwarrend draait de dijk

rond zijn bewoners, voor wie 't levenslicht
op slapen lijkt waarin zij, zwijgend, vaak
van werelden wisselen, spaarzaam met spraak;
al wat zij zeggen klinkt als doodsbericht.

•

Het eiland was uitgestorven, voor zover er nog leven was, speelde het zich af achter gesloten luiken en gordijnen. Het was
daags voor kerst, zelfs de vissersboten bleven binnengaats. Om
vier uur 's middags viel de avond.

We vonden onderdak in een verweerd *Gasthaus* aan het strand;
het was weliswaar voor het seizoen gesloten, maar de eigena-
resse wilde wel een kamer openstellen, zij het onverwarmd. We
kregen een kruik mee naar bed. De *Familienzimmer* op de begane
grond omvatte twee ontbijttafels, acht rechte stoelen en een
grote tegelkachel waarop we glühwein dronken, dicht tegen elkaar aangeschurkt, net zo lang totdat onze wangen even warm
en rood geworden waren als onze billen. We wandelden en gingen vroeg naar bed.

Het was Raya die nu sliep, het was Raya die 's ochtends weg-
kroop onder het massale eiderdonzen dekbed zonder aanstalten te maken ooit nog op te staan. Zo gewichtloos als ik me gevoeld had toen onze dochter een dag uit logeren ging, zo leek
Raya op aarde terug te vallen nu zij er niet meer was. Zwaarder
dan de zwaartekracht trok het bed aan haar, drukte haar neer,
borg haar op.

In de vroege ochtend sloop ik de slaapkamer uit, dronk de koffie van de waardin die onmiskenbaar versneden was met cichorei, nam een hap van het zoete witbrood en toog naar het strand. Over het water hing een onwerkelijk, grijs ochtendlicht dat niet door mist veroorzaakt werd, maar evenmin door wolken. Het was of de zon aan kracht had ingeboet en slechts op halve sterkte het eiland bescheen. Uit voorzorg had ik me gekleed als een poolreiziger, maar ook de winterkou bleek gehalveerd; getemperd door het omringende zeewater dat nu warmer was dan het land.

Op de drooggevallen vloedlijn lag een leven uitgestald: touw en netten, plakken teer en dode vis, skelet van een vogel, een schoen, een houten krat. Het was een leven waartoe ik me nog altijd niet verhield, een leven van vissers en jutters en buitenmensen.

Ik moest genoegen nemen met de rol van observant.

Sinds die laatste dag in augustus had ik niet meer kunnen slapen, daar hielpen zelfs het eiderdons en de warme kruik niet meer. De vermoeidheid deed me op mijn benen wankelen, de smaak van koffie en cichorei brandde bitter in mijn mond, ik was zo licht in mijn hoofd dat het me duizelde. Toch liep ik door, er was geen reden terug te gaan, want ik wist dat de slaap hoe dan ook zou uitblijven. Verdoofd zette ik mijn laarzen in het zand en fixeerde mijn blik op de meters nat strand voor me, voornemens net zo lang te lopen tot ik om zou vallen. Maar telkens werd ik opgehouden door die objecten uit een andere wereld, die zich aan mijn netvlies opdrongen. Het strand leek ermee bezaaid. Ik probeerde te denken, maar dacht slechts: vis. Schoen. Touw. Teer. Ik probeerde níet te denken, stomweg het pad te volgen dat mijn voeten uitzetten, maar ook dat werkte niet. Mijn hersenen strandden op het ondraaglijke besef dat er niets meer te begrijpen viel. Wat mij restte was vis, schoen, touw, teer. En alles wordt, waar je ook kijkt, gelijk.

(Ik herinner me de tijd waarin ze leerde spreken. Ik herinner me vooral de tijd voordat ze spreken kon. Iedere stoelpoot, iedere ritssluiting, iedere schoenveter, ieder ding verdiende haar onverdeelde aandacht. Elk object dat zich op haar ooghoogte bevond was de moeite van het bestuderen waard – niet zwijgzaam, niet geduldig, maar luidruchtig en met de intentie het zo snel mogelijk te doorgronden door het te ontleden. Nog voordat ze kon lopen wist ze de afstandsbediening te demonteren. Nog voordat ze haar plas kon ophouden had ze het mechaniek van de platenspeler achterhaald. Een scharnier in het keukenkastje was voor haar even diepzinnig als de gebonden rug van een meesterwerk.

En ze praatte, terwijl ze onderzocht: in een oeverloos koeterwaals voorzag ze haar eigen zoektocht van commentaar, gaf bevelen aan zichzelf of aan het inwendige van de wekker; richtte bezwerende formules op de derailleur van mijn fiets. Dat niemand haar begreep was van ondergeschikt belang. Het ging erom dat het ding haar begreep, waartoe ze zich op dat moment verhield. En de dingen begrepen haar, althans: ze voelde zich begrepen.

Toen ze volgens de statistieken van het consultatiebureau te oud werd voor haar brabbeltaal zetten we het offensief in: met Dick Bruna op schoot leerden we haar de betekenis van woorden. We leerden haar dat de wind niet luistert als je hem streng toespreekt, dat kiezelstenen niet antwoorden als je ze iets vraagt. We leerden haar het verschil tussen Ik en Jij en de rest van de wereld. We leerden haar communiceren.

Van de weeromstuit stokte de woordenstroom en zocht ze haar toevlucht bij kwasten en verf. Met eenzelfde fanatisme als waarmee ze eerst de wereld had ontleed, schilderde ze wat ervan over was, maar de lach was geweken. En ik zag op haar gezicht de eerste tekenen van menselijkheid, het floers van eenzaamheid verschijnen. De wereld waarin ze één was geweest met de dingen verschrompelde tot korte woordjes, gammele zinnen, dringende maar voor ons ondoorgrondelijke vragen. Het onvermogen zich uit te drukken, de onmogelijkheid zich begrepen te weten, sijpelde genadeloos dat kinderhoofdje binnen. De woorden snoerden haar de mond. De val uit het paradijs was begonnen.)

Misschien kwam het door het chronische slaapgebrek waardoor mijn bewustzijn gemanipuleerd werd; misschien kwam het door het onwezenlijke licht waarin ik liep, de beweginglloosheid van het strand, de afwezigheid van een einder; misschien was het een mentale kortsluiting, veroorzaakt door maanden van richtingloos verdriet... Misschien was het een gebeurtenis waarover ik zou moeten zwijgen: dat daar op het strand mijn moeder verscheen.

Ze doemde niet op uit een mistige wolk, ze verrees niet uit de grijze golven, ze daalde niet neer uit de hemel – nee: ze haalde me stilletjes van achteren in en sloeg een arm om mijn schouder.

Ik herkende de druk van de hand die op mijn bovenarm rustte.

'Wat doe jij in hemelsnaam hier?' vroeg ik.

'Er is geen weg terug, mijn jongen, je zult voort moeten gaan.'

'Welke weg mam, waar heb je het over?'

'Als je eenmaal op weg bent kun je niet anders dan voortgaan. Je bestemming ligt vast.'

'Hoe kom je erbij,' zei ik afwerend, 'alles ligt open. Sterker nog: alles ligt weer open.'

'De liefde is blijde met de waarheid, Gideon: alles bedekt zij, alles gelooft zij, alles hoopt zij, alles verdraagt zij. Maar zij zoekt wel de waarheid.'

'Niet alles verdraagt ze, de liefde kent ook haar beperkingen. Dat weet jij zelf trouwens het beste.'

'Zoals jij de liefde zoekt, zo zoekt zij de waarheid, Gideon. Er is geen antwoord op jouw vragen.'

'Is dát jouw conclusie,' hoorde ik mezelf plotseling schreeuwen, 'na vierenzestig jaar leven? Is dat de waarheid waarmee ik blijde moet zijn? Dat er geen antwoord is? En daarvoor ben je gekomen, om mij dit mee te delen? Geweldig!'

Nu was ze stil.

'Woorden zijn zelden het begin, en veel te vaak het einde van een inzicht,' zei ze ten slotte.

Al wat zij zeggen klinkt als doodsbericht.
'En jij?' vroeg ik zacht. 'Waarheen ga jij dan?'
'Hier ben ik. Bij jou.'
'Dat is je bestemming? Bij mij?'
'Meer dan waar ook, mijn jongen.'
'Dat ligt vast?'
'Dat ligt vast.'

Ze drukte de Mamiya in mijn armen. 'Als je eenmaal op weg bent kun je niet anders dan voortgaan,' herhaalde ze zichzelf. 'Kijk dan! Kijk om je heen, Gideon.'

'Maar waar zal ik beginnen?' vroeg ik, 'waar moet ik beginnen, mam?'

De arm om mijn schouder liet los. 'Het is al begonnen,' klonk van verderop nu haar stem, 'het is al begonnen, mijn jongen.'

Ik stond op de vloedlijn met de Mamiya in mijn armen, die zwaarder leek dan ooit. Ik keek om me heen. Ik dacht niet meer, ik *zag*: ik zag beelden die voor het oprapen lagen, uitgestrooid aan mijn voeten als de restanten van een vliegtuig na de crash. De leegte in mijn hoofd vulde zich met de objecten op het strand, vulde zich met de golfslag die langzaam opsteeg tot voor mijn voeten. De vloed trok op.

Bij een verweerd kluwen netten hurkte ik neer. Als een jager die zijn geweer aanlegt plaatste ik de camera aan mijn oog, geduldig wachtend tot het stijgende water in het vizier kwam en het net zou overspoelen – en drukte af.

Al wat zij zeggen klinkt als doodsbericht
voor iets wat aangespoeld is, onbekend,
dat zonder uitleg tot hen komt en blijft.

22

'Waaraan denk je als je met me vrijt?'
'Ik denk niet.'
'Wat dan wel?'
Raya zweeg.
Later zei ze: 'Waarom wil je dat eigenlijk weten?'
'Ik had het je jaren geleden al willen vragen.'
'Sinds wanneer?'
'Sinds de eerste keer.'
Glimlachend keek ze me aan. 'En?'
'En wat?'
'En waarom heb je het nooit gevraagd?'
Ik zweeg en luisterde naar het ruisen van de zee dat kilometers ver door de vallei gedragen werd tot op het balkon van onze *casa rural*. De hemel boven ons was inktzwart en bezaaid met sterrenstelsels waarvan ik het bestaan nooit had vermoed. Achter ons, daar waar de bebouwing van het Spaanse gehucht eindigde, begon het gebergte dat hoog en zwart als de hemel opdoemde. Vanuit geopende deuren en ramen weerklonken gesprekken, soms werd een lied ingezet, menigmaal overstemd door opgewonden televisiestemmen. Op straat speelden kinderen in de afwateringsgoot.

We waren uit het hoge noorden naar het voorjaar afgereisd – dat hier in februari begon. Aanvankelijk zouden we van Sylt doorreizen naar Sint-Petersburg, maar na een oog op de weerberichten te hebben geworpen besloten we anders. Het vroor er twintig graden.

De reis ging non-stop: vier uur op, vier uur af. Na twee dagen onafgebroken reizen kwamen we aan in het dorp van bestemming: op de top van een heuvel, aan de voet van het gebergte en met uitzicht op zee. Het was er lauw, de lente begon er drie maanden te vroeg.

We arriveerden vroeg in de ochtend, tegelijk met de vissers die juist hun houten boten op het strand trokken: dit waren de scharrelaars, de zeeschuimers die, als het weer het toeliet, de nachten doorbrachten op zee en hun illegale vangst verkochten op de markt of aan kleine restaurantjes. Nog voordat de zon over de bergtoppen reikte schoven we aan in een café, aten zilveren visjes die spartelden op de grill en dronken beendroge fino. Het was zes uur in de morgen, Sylt was in minder dan 48 uur een seizoen van ons verwijderd.

Toen de zon op volle sterkte kwam verschansten we ons achter de metersdikke muren van het oude huis waar we een kamer hadden genomen. We sliepen een gat in de dag en werden pas gewekt toen de avond inviel en een omvangrijke kudde schapen zich luidruchtig door de smalle straten van het dorpje wrong. De chorizo en de koele manzanilla naast het bed smaakten goed; we waren naakt onder de lakens en reikten voorzichtig naar elkaar. In de beschutting van de vroege schemer wandelde ik met mijn vingers over haar lichaam, iedere sproet en moedervlek op mijn weg betastend; de strakke rimpel onder haar navel, waar eens het vel zo gespannen was dat het onderhuids scheurde; het litteken tussen haar schouders; de kleine, eeltige handen. Vandaar ging het verder, al verder, de peilloze diepten in. Terwijl de buitengeluiden ongemerkt wegvielen en de hemel verduisterde, ontstaken we een kaars en vochten ons een weg terug naar onszelf.

Waaraan dacht ik als ik met haar vree? De onzin van de vraag werd me duidelijk door de parafrasering. We hadden in jaren niet gevreeën, althans niet meer zoals voorheen, niet meer zoals die eerste nachten in haar ijzige kamer-aan-zee. Bestaat het om de liefde te bedrijven met een zwangere vrouw? Er zijn mannen die beweren dat het opwindend is; er zijn vrouwen die vreselijk geil zijn in hun zwangerschap. De hormonen nemen hen in de maling, met de liefde heeft het niets van doen. Ik heb eens een hoer getroffen, ergens achter het raam in een rosse buurt, met een buik van zeven maanden. Ze kon de vraag nauwelijks aan.

Bestaat het om te vrijen met een moeder? Je bent niet welkom en je wéét het. Maar je doet alsof, en zij doet alsof. Je weet dat zij nooit zeggen zal: 'Gut sorry, ik ben al bezet. In beslag genomen door je nageslacht. Je bent een bijkomstigheid geworden.' Seks na de conceptie is mosterd na de maaltijd in zijn zuiverste vorm. De overbodigheid druipt ervan af. Maar probeer daarover maar eens een gesprekje te beginnen. Ons was het niet gelukt.

Ik heb vaak gedacht (en nooit hardop durven zeggen) dat het een gotspe is om de man aan het kraambed toe te laten. Het is een sluipmoord op het libido. Andere culturen hebben daar meer kaas van gegeten: de man heeft er niets te zoeken, het is een zaak van vrouwen. Laten zij elkaars hand maar vasthouden, laten zij de natte lappen aanslepen en elkaar tussen de benen kijken. Het zou ons bespaard moeten blijven: het moment dat de magie van een vrouw herschapen wordt tot reusachtig werktuig van voortplanting – de eens zo wellustige bloem die onder je neus openscheurt als een rotte granaatappel, de eens zo verleidelijke geur die zich mengt met bloed en stront, de lonkende lippen waarin onbarmhartig de schaar wordt gezet als waren het de flappen van een kartonnen doos – mijn god! op dat moment verliest de man zijn potentie. Hij heeft zijn taak volbracht. Hij kan wel gaan. En zij, dat begeerlijke lichaam, is instrumenteel geworden. Klaar om te baren, te zogen, te sjouwen, te waken. Klaar voor de volgende worp.

Nee: de dorre schoot van de onvruchtbare vrouw is verleidelijker dan de warme schoot van een moeder.

Waaraan dacht ik als ik met haar vree? Ik heb haar vereerd als een godin, omdat haar lichaam ons kind had gedragen. Ik heb haar veracht om de afwijzing die het mij bracht. Ik heb haar willen beminnen als vrouw, maar altijd zat het kind ertussen, en bleef ertussen staan. Ik heb met haar willen versmelten, maar wist dat mijn plaats genomen was.

Ik heb dit prachtige lichaam gehaat.

Door de straat zonder mensen
loopt een zwart paard,
het zwervend paard
van de kwade dromen.

(En nog altijd sliep Raya, sliep ze alsof de dag van morgen er niet meer toe deed. De nacht was koel, de zware wollen deken plooide zich om haar lichaam. Door het geopende venster viel het licht van de straatlantaarn op de plavuisvloer en de gepleisterde wanden. De kamer was een schrijn waarin zij als kleinood lag opgeborgen. Ik nam het schetsboek ter hand en staarde naar de vrouw, die ik opnieuw moest leren beminnen. Het vel bleef blanco. Het zwervend paard van de kwade dromen nam de overhand.)

De lucht van de zonsondergang
komt in de verte op,
een raam kreunt
door de wind.

•

Het café op de Plaza Mayor opende met de eerste zonnestraal. Ik dronk er mijn koffie, las het gedicht van Federico García Lorca met mijn schetsboek op schoot. De herder trok voorbij met zijn kudde schapen; een jongen spoot een varkenskot leeg. Vrouwen stonden in de rij om brood, mannen dronken hun eerste glas bier. Ik schetste een zwart paard; een lastezel stond model.

Of je nu rondkijkt in een dorp op Vlieland of in het uiterste zuiden van Spanje, overal zijn moeders te oud voor hun leeftijd, constateerde ik mismoedig; oud, slonzig en afgeleefd. De spataderen, de dikke dijen, de soepige jurken, het okselhaar... De efficiënte korte kapsels doen vermoeden dat er eens weelderige zwarte lokken moeten hebben gewapperd; de morose gezichten dat er een jong, verwachtingsvol meisje heeft gehuisd in dat bloedeloze lichaam. In de rij voor de bakker werd gelachen, gepraat, maar met eenzelfde dubbelzinnigheid als in de recreatiezaal van een bejaardentehuis: niet omdat het boeit, maar om de tijd te doden.

Alsof ook voor deze vrouwen het leven al vergeven was.

Er moet een samenzwering zijn tussen de vrouw en haar lichaam, overwoog ik: een onbewust, obsoleet mechanisme van anticonceptie dat doorwerkt, ook nu het niet meer nodig is. Zodra ze zichzelf heeft uitgehuwelijkt en haar seksualiteit niet meer begerenswaardig maar bedreigend is geworden, gaat het luikje dicht en op de knip. Na het eerste, misschien tweede kind verandert de vlinder in een harige rups in de hoop zich de mannen van het lijf te houden. Het is een vorm van protectie die je overal in het dierenrijk aantreft: hoe onooglijker, des te kleiner de kans om verzwolgen te worden. Ze maken zich onzichtbaar, de moeders, in de hoop ongenaakbaar te zijn.

Zou er bij hen geen begeerte meer zijn? Zou er in deze vermoeide lichamen, onder deze façade van vergane glorie geen hunkering zijn, geen honger naar bevrediging? Of is de angst voor de consequenties – de angst door het eigen nageslacht overwoekerd te worden – groter dan het verlangen?

De grootste concurrent van een echtgenoot zijn niet de melkboer en de glazenwasser, maar de douchekop en de elektrische tandenborstel. Maar zelfs dat was moeilijk voorstelbaar, met een rij Spaanse vrouwen in het vizier.

En toen kwam Raya over het steile pad aangelopen. Ik had haar niet verwacht, het was nog vroeg. Aan haar houding zag ik dat ze evenmin verwachtte mij hier aan te treffen. Ze waande zich ongezien. Dat zijn de momenten waarop een ander het meest zichtbaar is: als we kijken door de spiegelruit, het object van observatie nietsvermoedend is. Ze droeg een lange zwarte jurk en een dik wollen vest, haar donkere haar in een knot rustend in haar nek. Eén hand hield ze boven haar ogen, het ochtendlicht was scherp. Ze leek weg te vallen tegen de achtergrond, Spaans bloed zat vlak onder de huid. En toch paste ze niet – ook hier niet. Ze bleef een passant in haar eigen leven.

Vuurrode lippen. Een olijfgroen vel in de schaduw. Wat ben je mooi, dacht ik, hoe kun je zo mooi zijn? Hoe durf je zo godvergeten mooi te zijn? Jij, *moeder.*

'Ga mee vrijen?' grijnsde ik toen ze me aan het tafeltje had getroffen.

Ze negeerde mijn voorstel en bestelde een carajillo.

'Ik wil foto's van je maken,' zei ik, nadat ik ook een cognacje bij het ontbijt had besteld.

'Wat voor foto's,' vroeg ze, 'portretten? Porno? Kunst? Wat heb je voor ogen?'

'Jou,' zei ik ontwijkend, want ik had geen idee wat ik voor ogen had.

'Trouwens,' Raya keek me onderzoekend aan, 'waaraan denk jij eigenlijk, als je met me vrijt?'

'Ik heb wel zin in een wandeling,' hoorde ik Raya mompelen.

'Hmm.'

'De barman zei dat er een pad is naar dat gehucht verderop. Er schijnt een herberg te zijn, gerund door Duitsers. Of Denen.'

Ik hing met mijn neus in een Engelstalige krant van enige weken geleden, die ik had zien rondslingeren achter de flipperautomaat in de hoek van het café. USA *Today* – het was me een raadsel hoe die hier terecht was gekomen. Misschien via die Duitsers of Denen. Het lezen van oud nieuws gaf me een plezierig gevoel van zorgeloosheid; verouderd nieuws is minder alarmerend dan nieuw nieuws. Zeker als het uit Amerika komt.

Het zonlicht had nu het hele plein te pakken, maar brandde niet. We waren toe aan onze derde cognac. Mijn oriëntatie op tijd en plaats en doel zonk langzaam weg. De verouderde krant legitimeerde mijn inertie: de wereld draaide toch wel door.

'En?'

'En wat?' vroeg ik verstoord.

'Doe niet zo vaag,' zei ze kregel, 'zullen we gaan wandelen?'

'Ik zit hier wel lekker.'

'Ik ook. Maar ik wil wel weer eens wat mensen zien. Andere dan dorpelingen,' voegde ze eraan toe.

'Duitsers,' zei ik.

'Of Denen.'

Het is waar dat je oriëntatie op de wereld vervaagt als je je omringt met dorpelingen, van wie je bovendien de taal niet verstaat. Dat is net zoiets als oude kranten lezen, bedrieglijk geruststellend. Maar ik wilde niets liever dan bedrogen worden, op dat moment. Geruststellend bedrogen worden.

'Bel eerst maar eens of ze thuis zijn,' opperde ik met nauwelijks verholen weerzin. De berghelling waarachter het wandelpad verdween leek me tamelijk ver en steil.

Raya belde. De Duitsers (of Denen) bleken een Nederlands echtpaar te zijn, Sjef en Sonja, vriendelijke veertigers met een pension en zonder ambitie. Sonja stelde voor ons te komen halen met de auto: de afstand was hemelsbreed weliswaar kort, maar met al die toppen en dalen... Ik verdacht hen ervan een grote honger naar gezelschap te hebben, wat bleek te kloppen: bij aankomst was de tafel in de patio gedekt en stond de rosé in de koeler. Sjef begroette me met een omhelzing. De dag kon niet meer stuk.

Eigenlijk waren we al op de rand van dronkenschap. Eigenlijk spraken Sjef en Sonja mij niet erg aan. Eigenlijk wilde ik niets liever dan met Raya de mogelijkheden van ons doorgezakte bed beproeven. Eigenlijk voelde ik me niet op mijn gemak.

Maar onderhuids was er ook opluchting: om even niet op elkaar aangewezen te zijn, om uit de rondedans te breken van zwijgzaamheid en begrip. Het gevaar van ieder huwelijk is dat de dynamiek een doel op zichzelf wordt, en geen middel, het gevaar van een huwelijk-onder-vuur is dat je elkaar herkent in de herhaling van zetten, en op remise speelt. We hadden elkaar te veel met rust gelaten.

Maar dat soort dingen zie ik meestal pas achteraf.

Bij wijze van *making conversation* haalde ik een artikel aan dat ik die ochtend had gelezen in USA Today. Het ging over een moeder, Susan Smith of Susan Jones – haar naam was zo gemiddeld dat het klonk als een pseudoniem –, die haar twee zoontjes had vastgesnoerd in de gordels op de achterbank van haar auto, daarna in een meer was gereden, het raampje had opengedraaid en eruit was gezwommen. De jongetjes, vanzelfsprekend, waren verdronken.

Daarna gaf ze zich aan bij de politie.

Het verhaal had ik overigens niet uit de eerste hand, die pagina wereldnieuws was uit het katern verdwenen. Maar de rubriek met ingezonden brieven liep over van verontwaardiging en verzoeken om de doodstraf opnieuw in te voeren in de bewuste staat. Het Beest was opgestaan, was de teneur die sprak uit de mening van Het Volk. 'Met name moeders,' vertelde ik, 'liepen in hun brieven over van tranen en moordlust.'

'Allemaal projectie,' bromde Raya, en ze graaide nog een gebakken visje van de schaal.

'Waarvan?' vroeg Sonja nietsvermoedend.

Ik begreep inmiddels dat het echtpaar kinderloos was, de hoeveelheid kattenstaarten die zich langs mijn kuiten bewoog was niet te tellen. Sjef gooide liefdevol de graten over zijn schouder.

'Ja, wat bedoel je? Zijn de tranen projectie, of de moordlust?' haakte ik in. Onverstoorbaar zette Raya haar tanden in het dunne ruggetje van een sardine. Mijn vraag gleed langs haar heen.

Sonja plukte een dor blad uit het boeket op tafel. 'Ik heb zelf geen kinderen,' zei ze na enig aarzelen, 'maar ik geloof niet dat het doden van je eigen kind voortkomt uit slechtheid.'

'Wil je betogen dat het voortkomt uit goedheid?' vroeg Sjef diepzinnig, terwijl hij aan zijn wenkbrauwen plukte. Ik overwoog iets lelijks te zeggen over de pose van quasi-intellectueel, maar de rosé stemde me mild.

Raya negeerde hen. 'Herinner je je de woorden van Medea, op het moment dat ze zich realiseert dat ze haar zonen gaat vermoorden?' vroeg ze aan mij. 'Als het kindermeisje zegt: geef de moed niet op, mevrouw, u verdwijnt hier niet voorgoed? Ze zegt: ha! Anderen laat ik eerder verdwijnen, o!, verschrikkelijk!'

'Schizofrenie, is dat het?' zei Sonja met een toon alsof haar een groot inzicht gewaar werd. 'Ik heb wel gelezen van vrouwen die stemmen horen en daardoor verschrikkelijke dingen doen. En ze vinden het zelf ook verschrikkelijk hoor, als ze zichzelf of anderen kwaad doen. Het is niet dat ze er blij mee zijn, geloof ik.'

Raya keek haar giftig aan. Ik begreep dat het niet per se Sonja betrof, tot wie zich haar pissigheid richtte. Maar de arme vrouw kromp ineen onder haar blik.

'Er bestaat een natuurkundig experiment,' oreerde Raya verder, 'waarbij twee halve bollen op elkaar worden geplaatst en de ruimte ertussen vacuüm getrokken wordt. Je kunt je twee dingen afvragen: zijn die twee halve bollen ieder een entiteit op zichzelf, of vormen ze pas een eenheid als ze vacuüm getrokken zijn? En: geeft het vacuüm dan betekenis aan de halve bol? Als goed en slecht hard genoeg aan elkaar trekken, is het resultaat misschien wel een moreel vacuüm. Maar je kunt ook zo redeneren: als polaire belangen – die elkaar toebehoren, misschien zelfs voor elkaar geschapen zijn – aan elkaar trekken, wat is dan het resultaat? Ze zitten muurvast aan elkaar geklonken, maar verder is het niets! Leegte! Vacuüm!' Tevreden keek ze de tafel rond.

Nu werd ik giftig. Het was de warmte, het was de rosé, het was de cognac die sinds de vroege ochtend zijn werk had gedaan… het was vooral mijn Raya met haar zelfingenomen rode lippen die op mij inwerkte als een lap op een stier.

'En nu anders, Raya,' zei ik. 'Kun je ook gewóón zeggen hoe je erover denkt? Of zal ik pen en papier voor je halen zodat je een briefje kunt schrijven (voor op de paella, leuk!) – opdat dit gezelschap je kan navolgen in je meesterlijke overpeinzingen?'

'Medea,' zei ze koel, 'had het motief van wraak. Wraakzucht is de reden om haar kinderen om te brengen. Maar onder die deklaag van primitieve rancune – waar we ons desnoods nog een voorstelling van kunnen maken, is het niet? – gloort een veel existentiëler angst. Of beter: er dreigt een existentiëler verlies. Dat van haar waardigheid. Op het moment dat een vrouw haar waardigheid dreigt te verliezen, Gideon, is ze tot alles in staat. Dat ontstijgt het niveau van goed en kwaad. Dat ontstijgt zelfs de schuldvraag.'

'Ha! De waardigheid van de vrouw zal altijd zegevieren! Dat is het dus wat jullie altijd achter de hand houden: de voorraad in de kelderkast, de envelop in het woordenboek, de *nooduitgang*. Ik keek vandaag naar de vrouwen bij de bakker en verbaasde me over hun collectieve lelijkheid. Maar het is geen lelijkheid: het is de aard van de vrouw. Ze verleidt een man om zijn genen, zijn geld, zijn status – maar uiteindelijk is het die zogenaamde waardigheid die het jullie verbiedt je waarlijk over te geven.'

'Je kunt op niet meer dan één paard wedden, Gideon.'

'En dat is…?'

'Is het je ooit opgevallen hoe een man denkt en praat over het ouderschap? Hij voelt niet vanuit het vaderschap, laat staan dat zijn denken ermee is verweven. Vaders doen het altijd een beetje erbij. Hij kijkt naar zijn pasgeboren baby als een wetenschapper naar een nieuwe vinding, trots op zijn experiment. Met gedistantieerde interesse buigt hij zich over het petrischaaltje waarin een hoopje gekloonde muis ligt te drijven.'

'Het is toevallig wel zijn eigen kloon.'

'Vertel toch geen kolder. De man is vader zolang het kind er is. Zodra het uit zijn blikveld is verdwenen – als het beroep dat op hem wordt gedaan wegvalt – is ook de vader verdwenen. Is hij gewoon weer man. En daarop zou een vrouw zich moeten verlaten?'

'En dat is het onbetrouwbare paard waarop het zo slecht wedden is?'

'Daar gaat het niet alleen om. Overgave – dat doe je één keer in je leven. En dat is eens maar nooit weer. Denk terug aan het gesprek met je moeder op het strand van Sylt: een betekenisvolle ontmoeting is niet noodzakelijkerwijs een gebeurtenis tussen twee mensen. Evenmin zijn er twee nodig voor een botsing, of een verwijdering. Al die processen van één worden en scheiden kunnen zich ook afspelen binnen één persoon, één geest, één ziel, één brein. Of het nu een man betreft of een kind: de halve bol van een vrouw is sterker dan het vacuüm dat ze trekt met een van beiden.'

De katten hadden intussen hun territorium verplaatst en wandelden vrijelijk over tafel, op zoek naar restanten van de lunch. Sonja en Sjef keken gegeneerd voor zich uit, de een nog altijd plukkend aan het tafelboeket, de ander aan een kattenoor. Ik was inmiddels zo van de kaart (van de alcohol, van Raya) dat het me allemaal niets kon schelen. Bovendien: zij hadden geen kinderen. Dus wat deed het ertoe?

'Hé Raya,' lalde ik nu, 'wat je zegt over de halve bollen van een vrouw, geldt dat ook voor de hele ballen van een man? Ha, ha!' Daarna rende ik naar binnen om te kotsen.

'Kom,' opperde Sonja toen ik terugkwam aan tafel, 'ik rijd jullie maar eens naar huis.'

'Ben je belazerd,' zei Sjef joviaal, 'hier wordt niet meer gereden. We hebben veel te veel gedronken. Blijven jullie logeren?'

Ik keek naar Raya. Raya keek naar mij.

'We lopen wel,' zei ze.

'Vanhier gaat het alleen nog bergafwaarts,' grijnsde ik bezopen.

23

In Italië zei ze: 'Het is een verhaal over de liefde, en het is af.'

Ze sloot het deksel van haar laptop en keerde terug naar pen en papier.

De laatste weken in Spanje had ze getypt als een bezetene. De ontlading bij Sjef en Sonja had op ons beiden een louterende werking gehad: Sneeuwwitjes appel was uit het keelgat geschoten, we konden weer aan het werk. De schroom om door te leven maakte geleidelijk plaats voor de opluchting dat er nog iets te leven viel. Raya kocht een waterkoker en een pot korrelkoffie en kroop in de ochtendschemer achter haar laptop aan een tafeltje bij het raam. Ik lag in bed en keek naar mijn vrouw. Ik maakte foto's: geen porno, geen kunst, maar een portret-in-veelvoud van wat me het liefste was in dit leven. De eerste voorzichtige schetsen voor Quasimodo stonden op papier: 'Ook dat gaat over de liefde,' zei ik, en ik toonde haar mijn schetsboek.

Ze bladerde er bedachtzaam doorheen. 'Je tekent mooi,' zei ze na een tijdje. 'Wat zou je zijn zonder handen?'

'Een fotograaf zonder schetsen,' zei ik. 'En jij?'

'Schrijver. Met twee voeten en een hoofd.'

Later vroeg ik: 'Wat zou je zijn met je handen gebonden?'

'Dat is pervers,' lachte ze. Maar een antwoord bleef uit.

We trokken over de Pyreneeën, louter omwille van dat ene gedicht, waarvoor ik ook in Spanje foto's had kunnen maken. Maar daarin ben ik puriteins: ik wil de kluit niet belazeren. Ik koester hardnekkig de overtuiging dat zelfs een leek de authenticiteit van een foto kan herkennen, een tamelijk achterhaald principe, nu iedere boerenlul met een digitale camera rondloopt en de onwelgevalligheden van zijn creatie kan manipuleren op zijn Apple. Maar ik ben een kind van de Moro-reflex, ik moet voelen wat ik zie om zeker te weten. Ik moet zien wat ik voel om me veilig te wanen.

Raya begreep het: zelf was ze blij haar vulpen terug te zien, al lekte hij onbedaarlijk. En ik was blij haar terug te zien, de bos haren gebogen over een stapel vergeelde schriftjes die ze bij de lokale kruidenier op de kop had getikt; mokkend om de wiebelige tafel op de rand van stoep en straat, met in de ene hand een glas wijn en in de andere hand de lekkende pen. Heimelijk maakte ik foto's vanaf het balkon.

De vraag was nog niet gesteld, maar ik wist dat hij in de lucht hing: wat nu? Haar legitimatie was weggevallen; de reden van haar vreedzame coëxistentie lag ver en diep begraven in de Groningse klei. Raya had, letterlijk, niets meer om handen dan de vlekken van haar inkt. En naarmate ik haar driftiger in de schriften zag schrijven werd mijn vermoeden sterker dat deze vraag ook haar moest bezighouden. Maar wanneer komt het moment waarop je zegt: hoe nu verder? Wanneer wordt verder iets van nabij? Denkend aan het verweerde kindergraf, aan de houten vloer waarin onbekende voeten strepen hadden gesleten, bekroop me een mengeling van huiver en heimwee. Ik wilde naar huis, en vreesde wat me te wachten stond.

De terugtocht diende zich aan, zonder dat wij daarin de hand leken te hebben.

Het was op een late namiddag – ik had die dag door de bergen gezworven op zoek naar het juiste licht om de laatste strofe in beeld te vangen: *de bloesem, die de olijfgaarden wit doet glanzen tussen het blauw van het vlas en de gele narcissen* – ik kwam terug uit de bergen en zag van ver Raya zitten. Ze keek op en zwaaide.

'Er is een brief gekomen,' riep ze, 'van Brechje!'

Ik zette mijn fototas op de bank tegen de warme muur van het pension, liep naar binnen om een wijnglas te halen, keerde terug bij Raya en liet de mededeling nog eens tot me doordringen. Een brief van Brech. Hier in Italië. Wat had dat te betekenen?

'Hoe?'

'Poste restante,' zei Raya.

'Ja, maar hoe? Hoe wist jij dat er een brief voor ons lag? Hoe weet Brech waar we zitten? Wat is dit voor merkwaardig verhaal?'

Raya keek me verbaasd aan: 'Wat mankeert je! Waarom wind je je op over een brief?'

'Ik ben hier voor mijn werk, Raya. Ik heb de hele dag door de bergen gestruind. Ik heb prachtige foto's gemaakt. Ik denk na over een volgende serie. Ik heb verdomme wel iets anders aan mijn hoofd dan leven en werken van Brechje Kalma!'

'Wat is jouw probleem?'

Ik kon het niet omschrijven, maar het was of de wereld ineens te dichtbij kwam. Of het leven te dichtbij kwam. Alsof de vraag hoe nu verder me onverhoeds besprong – en om een antwoord vroeg.

'Laat maar,' gromde ik, en ik nam de envelop van tafel. Hij was geadresseerd aan de Oude Houtstraat met een verzoek hem door te sturen – het was allemaal heel begrijpelijk. Het bemiddelingsbureau had onze adressen in het buitenland. De onderhuurders hadden de brief naar het bureau gestuurd; het bureau naar het postagentschap hier in het dorp; de waardin had de post meegekregen toen ze boodschappen ging doen. Wat was het probleem, inderdaad?

'Wat staat erin?'

'Lees maar.'

'Niet nu.'

Ik legde mijn armen achter mijn hoofd en sloot mijn ogen. De lage middagzon bescheen mijn gezicht, een zachte bries trok door de smalle straten van het dorp. Even was het stil. Ik meende van ver het gezoem van krekels te horen, dat mij die dag in de heuvels had vergezeld. Op mijn netvlies trokken de olijfbomen voorbij, de jonge halmen op de schrale bergakkers, de blauwe lucht met hoog en ver de kleine witte wolken. Kon ik de maanden die achter ons lagen, de maanden die voor ons lagen maar wegsnijden, als de korsten van een kaas. Zoals het nu was, was het goed.

En ik ging weer heen, verborgen door de nacht, als wie vreest dat de morgenstond hem doet blijven.

'Ze is zwanger,' hoorde ik Raya zeggen.

'Ik ben blij dat ik het weet,' zei ik, en ik hield mijn ogen gesloten.

Maar toen ik even later opkeek was ze weg.

Het was laat in de avond toen ze in het pension terugkeerde. Ik had de fles wijn die ze had achtergelaten op het terras leeggedronken. Daarna ben ik op onze kamer in slaap gevallen. De honger wekte me, het was laat in de avond. Beneden in het café bestelde ik brood en een bord spaghetti. Afwezig bladerde ik door een *Gazetta dello Sport* en keek mee naar een blootquiz op de televisie. Halverwege mijn tweede glas wijn zag ik haar binnenkomen. Zwijgend nam ze naast me plaats en schonk zichzelf in.

'Waar ben je geweest?' vroeg ik, en ik streelde haar verwaaide gezicht.

Ze antwoordde niet. Ik reikte de broodmand, ze doopte een stuk brood in mijn bord en at.

'Heb je de brief nu gelezen?'

Ik schudde mijn hoofd.

'Ze hebben een punctie laten doen. Het is zeker dat hun kind blind wordt.'

'Door haar?'

'Door hem.'

'Dat moet een opluchting voor haar zijn,' zei ik oprecht. Ook nu bleef Raya stil.

We liepen naar buiten, weg van het licht, weg van de blèrende blootquiz. Het was zo donker dat we elkaar maar met moeite konden zien. In de beschutting van de nacht kwam Raya tot rust, ik hoorde haar ademhaling vertragen.

'Je vroeg waar ik was geweest,' zei ze, 'maar zelfs als ik het vertel zou je nog niet weten waar ik was. De nacht is zo donker, misschien weet ik het zelf niet meer. Soms is het moeilijk te herkennen waar je bent, of waar je bent geweest. De omgeving kan je oriëntatie verstoren, of het moment van de dag, de lichtval, de gedachten in je hoofd. Dan kun je plotseling opkijken en denken: waar ben ik in hemelsnaam?

Ik ben in de buurt van de haven geweest, de vis zit nog in mijn neus. Er hing een lage nevel, het water koelt sneller af dan het land, nog wel.

Ik heb aan Brechje gedacht. Nu heeft ze een kind, straks is het weg. Haar ogen gaan achteruit; Carl is al volkomen blind. Het is haar te veel. Nu heeft ze een kind, straks is het weg – door haar toedoen. Voor even is ze moeder geweest, een maand of twee, drie misschien, en daarna nooit meer. Dat was het dus. Haar beslissing.'

De wind trok aan, het werd koud om ons heen. Het was een maanloze nacht, de duisternis sloot ons in. Rillingen liepen over mijn rug, maar het was niet om Brechje en ook niet om haar kind. Ik had het verhaal gehoord, maar luisterde niet. Ik wilde niet luisteren. Ik wilde zo doof zijn als zij blind. Ik wilde niets meer horen.

'Hush,' zei ik zacht, en ik pakte haar hand. Maar Raya luisterde niet.

'Eén dag, schreef ze, ben ik moeder geweest: één dag was er het vertrouwen. Daarna kwam de twijfel, daarna de test, daarna de twijfel, toen het besluit. Eén dag moeder, één dag de overgave die dat vereist. En nu is het weg. Maar is ze dan ook een moeder geweest? Is ze moeder geworden? Of is die status voorbehouden aan de vrouw met een voldragen vrucht? Wanneer mag je jezelf moeder noemen, welk criterium is doorslaggevend: de conceptie, het dragen, voldragen, het baren, het zogen, het zorgen… Hoeveel beproevingen moet je doorstaan om het lintje te krijgen? Geen mens zal haar ooit moeder noemen. Geen mens zal haar ooit aanspreken op haar gebrekkige moederschap – zo gebrekkig dat het kind het niet overleefde. En zij zal met geen enkele moeder haar moederschap kunnen delen, dat vluchtige moment, die fractie in de tijd waarin ze meer bleek te zijn dan één. Ik heb niet met haar te doen. Ze heeft een keuze gemaakt en om keuzes hoeven we niemand te beklagen, ook al is hij in zijn uitwerking desastreus. Maar ik vraag me af, ik vraag me wel af...'

'... of jij nog wel een moeder bent.'

'Wat het is dat ik nog ben. Je kunt niet moederen als er niets te moederen valt. En toch: je bent het geweest. Je bent er geweest. Je bent het, je was het – en weet niet wat het is.'

'Als een schrijver zonder handen.'

'Als een schrijver zonder verhaal.'

We lagen in bed en lagen beiden wakker. We zaten op eenzelfde spoor. Door de duisternis dapper zei ik: 'Waarom liep je nu weg?' Ze zei: 'Sodemieter op,' en draaide me haar rug toe. Daarna bleef het tussen ons stil en sloeg de kerkklok de uren van de nacht weg. Het was geen moment voor de liefde.

'Wanneer gaan we naar huis?' vroeg ik nadat het vier had geslagen. Ik verbeeldde me licht te zien in het raam. De rug bewoog licht, maar draaide niet om.

'Ik ben klaar om te gaan.'

'Wat ga je doen als we terug zijn?'

Ik voelde dat ze zich naar me toe draaide, ik had haar gezicht kunnen zien, maar bleef op mijn rug en keek naar het plafond.

'Wat ga jíj doen?' vroeg ze.

'Achmatova,' zei ik.

'Dan ga ik met je mee.'

Het was tijd om te gaan. De lente trok aan, het werd warm in het zuiden. Wat restte was thuis – en Sint-Petersburg.

24

•

Ze zei: 'Ik wil voor niemand een herinnering zijn,' maar nadat ze weg was gegaan bleek het huis vervuld van haar: haar beeltenis, haar woorden, haar gedachten. Ik werd gegrepen door de leegte: ik reikte naar een beeld maar het bleek haar hologram, ik dacht een gedachte maar het bleken haar woorden. Ik keek naar mijn huis en het was haar ruimte. Ik tuimelde, eerst langzaam, daarna steeds sneller in het luchtledige, mijn val bleef niet zozeer ongebroken door een gebrek aan houvast, maar door het gebrek aan substantie.

De luchtweerstand was nul.

De waanzin trok een vernietigend spoor in mijn brein. Als een windhoos joeg hij door de restanten van mijn leven, willekeurig elementen ervan wissend, verwoestend, omhoogzuigend, om het op een andere plek weer uit te storten – gefragmenteerd en onherkenbaar. Ik baande me een weg door het slagveld van mijn geheugen, klampte me vast aan ieder object dat nog enige herkenning bood, maar het verpulverde in mijn handen, zodra ik het opnam.

Houvast bleek ontbinding. Beschutting een ruïne. Oase een zondvloed.

Ik schoonde het huis op om me de grond weer eigen te maken. De kinderkamer, die eens rommelkamer geweest was (en weer teruggebracht in die hoedanigheid) – *weg*. Onze slaapkamer met de gietijzeren twijfelaar die we naar eigen ontwerp hadden laten smeden – *weg*. De tuin, overwoekerd door alles wat God in het groen geschapen heeft – *weg*. De veranda, verrot tot op het fundament en doorgesleten waar haar stoel had gestaan – *weg*. Ten slotte de woonkamer: veertig vierkante meter onverwoestbaar binnenschipperssteak, op maat gezaagd, geschuurd en gelakt – *weg*. Ik stripte het huis tot op het skelet, maar wat overbleef was een stapel losse stenen.

Mij restte slechts een hunebed.

Te midden van de chaos bleef één beeld overeind: het dienblad dat ze op de verjaardag van onze dochter, op de ochtend van haar verdwijning, de slaapkamer binnendroeg, gedekt met een damasten servet, een kleine kaars ontstoken in de kandelaar. Toast uit de oven met rinse marmelade. Gepocheerde eieren. Zes rozen in een vaasje. Zacht speelde de wind met de witte gordijnen. De koffie was heet en sterk.

Twee oude, tedere handen legden het blad op mijn schoot.

Haar kus tussen de tranen.

•

De avond valt, en waar zo kort geleden
de luisterrijke en geheime glans
van de Jeruzalemkerk was te zien,
staan nu alleen, boven de takken-wirwar,
twee sterren aan de donkerblauwe hemel,
de sneeuw valt niet van boven maar zij lijkt
omhoog te gaan, voorzichtig, traag en lieflijk.
De wandeling die dag bevreemdde mij.
Op straat zag ik de dingen en gezichten
als door een glinstering die mij verblindde,
waardoor het leek of alles was bezaaid
met bloemblaadjes van geel-met-roze roosjes
waarvan ik ben vergeten hoe ze heten.
Het waaide niet en in de droge vrieslucht

werd elk geluid zo zorgzaam vastgehouden
dat het mij toescheen: zwijgen komt niet voor.
En ik zag kinderen die, met hun wantjes
door de verroeste spijlen van een brug
de bonte eendjes voerden in een inktwak
waarin ze gulzig kopje-onder doken.
En toen kwam de gedachte bij me op:
het kan toch niet dat ik dit ooit vergeet!
En als een zware weg mij wacht, is dit
de lichte last, waarvan ik niet zal scheiden;
dan kan ik, als ik oud of ziek of arm ben,
weer denken aan het machtig avondrood,
aan de bezieling die uit alles spreekt,
aan de bekoring van het milde leven.

(Anna Achmatova)

25

•

Jelle nam tijdelijk zijn intrek bij mij nadat hij het volledige interieur van mijn huis bij het grofvuil had aangetroffen. De tijd om in te grijpen was daar. Ik was niet onder behandeling, ik was niet suïcidaal: met de checklist op schoot had dokter Siebold dit vastgesteld na een reeks indringende sessies. De medicatie werd aangepast, het sociaal netwerk sloot zich. Maar gek was ik niet.

Er kwam een brief van Brechje waarin ze me aanspoorde de paasdagen bij Carl en haar door te brengen – cheque bijgevoegd, alsook een vluchtschema. Haar brief bleef onbeantwoord. Mijn oudste broer Herman, die behalve zijn scharrels niets om handen had, stond wekelijks met een fles op de stoep om zich met mij te bedrinken. Birgit sloot me kosteloos aan op de nieuwste loot van haar zakelijk imperium, een Tafeltje-Dekje-variant voor de verwende yup: iedere avond dampende lamskoteletten, sint-jakobsschelpsoep of Cesar's Salad met meergranenbrood – vriendelijk aan huis bezorgd, met linnen servet, in een doosje. Een meisje van een onbeduidend tijdschrift waarvoor ik eens gewerkt had meldde zich (Jorien heette ze, ze had zelf in therapie gezeten, ze wist waar ik doorheen ging, ze wilde me graag ter zijde staan, ze leek me uiterst labiel) en maakte tegen geringe betaling wekelijks het huis schoon. Ik verdacht haar van masochisme. Tot slot stond verhuisbedrijf Mastboom op de stoep, met de complimenten van mevrouw Ripperda. Sinds het tragisch overlijden van haar man (aldus het begeleidend schrijven) overwoog ze om kleiner te gaan wonen. Mijn noodsituatie was voor haar een goede gelegenheid een eerste schifting te maken. Haar design-lichtarmaturen stonden als darmpoliepen in mijn gestripte kamer, de bediening van het *state-of-the-art* Auping-bed oversteeg mijn technisch inzicht, maar toe maar – ik had weer licht en lag zacht.

In weerwil van de mentale ravage waarin ik verkeerde ging het zakelijk voor de wind, geheel buiten mijn toedoen overigens. Jelle had mijn dichtersfoto's bekeken en had, heimelijk, een proeve van kunnen naar een Brits tijdschrift gestuurd dat hoog aangeschreven stond – hij had er een vriendje op de redactie. *Global Village* reageerde per kerende post met een voorschot van 3500 pond.

Hij nam me bij de hand naar de doka en samen bogen we ons over negatieven en proefstrookjes (de reden van de plotselinge activiteit ontging me, ik verdacht hem ervan in samenspraak met Siebold een soort arbeidstherapie te hebben bedacht, de afgelopen maanden had ik mijn tijd in hoofdzaak op de bank gesleten met lectuur van twijfelachtig niveau); we beoordeelden de beelden onder de loep, bespraken scherpte en belichting. Daarna trok ik me uitgeput terug en bedronk me op de lindegroene canapé van zijn moeder.

Efficiënt ontfermde Jelle zich over de uitvoering van de afdrukken op basis van onze gesprekken, en stuurde de prints naar Londen. Mijn bankrekening liep vol, en nog altijd wist ik van niks.

Het moment kwam, onverwacht maar onvermijdelijk, waarop ik Henk Siebold en Jelle Ripperda gebroederlijk aantrof aan de keukentafel, de handen onrustig, de gezichten bezorgd. Voor hen op het lege tafelblad lag de kleine dichtbundel die ik van Raya gekregen had, de handen van Jelle eromheen gevouwen als was het een relikwie. Hij frummelde nerveus aan het sluitwerk. Ik moet je wat vertellen, zei hij (geheel ten overvloede: zijn hele lange lichaam stond in de biechtstand, zoals wanneer hij anticipeerde op een Indringend Gesprek met zijn moeder. Ik had het vaak gezien). En Jelle vertelde: van de bundel die hij had gevonden, de negatieven uit Spanje, Italië, Sylt; onze gesprekken in de doka, de afdrukken die hij liet maken. Van *Global Village* dat reageerde; de serie die furore maakte in het blad en ver daarbuiten.

Van het geld dat binnenstroomde.

Het talent dat werd verspild.

En daar zat ik, met ongeschoren kaken tussen de smeulende puinhopen van mijn leven (of van mijn verleden, dat onderscheid was nog niet gemaakt), aan de peperdure Moldani-keukentafel van zijn moeder, met een ongekende kegel en een mok zwarte koffie.

Vier ogen priemden, niet in het tafelblad maar in mij.

Siebold sprak: de medicatie had tot nu toe goed gewerkt, de psychose was onder controle. Maar vooruitgang werd niet geboekt, hij vreesde stilstand (en stilstand is achteruitgang, liet hij me erbij bedenken – dat kon ik nog wel). Hij kende een psychiater, in feite een vriend van hem, gepensioneerd. Lange staat van dienst. Opgeleid tot neuroloog. Ze hadden mijn casus besproken: interessant, artistiek, hoopgevend. Misschien was het een idee, met het oog op de stagnerende progressie...

En daar stapte, deus ex machina, J.C. Bilbrig – *zenuwarts*, de keuken binnen en schudde me met overtuiging de hand.

(Voorafgaand aan de verdrinkingsdood is er een moment van keuze. Onderzoek heeft dit aangetoond op grond van getuigenissen van drenkelingen: getuigenissen van hen, die een schipbreuk hebben overleefd, maar ook van degenen, die anderen hebben bijgestaan kort voordat zij daadwerkelijk verdronken. Men ging ervan uit dat de dood door verdrinking, afgezien van de fysieke gesteldheid van de drenkeling, samenhangt met diens verwachtingen van dit leven. Met andere woorden: de gefortuneerden, gelukkig-getrouwden, sociaal vaardigen, arbeidzamen, zouden percentueel gezien een grotere overlevingskans hebben dan degenen die zich toch al aan de rand van de afgrond bevonden.

Het tegendeel bleek waar.

Zij die vochten tegen de dood, die in doodsangst verkeerden, gingen als eersten ten onder. Zij die vochten voor het leven, voor wie niets anders dan eigen lijf en leden op het spel stond, kwamen bovendrijven.

Angst voor de dood is niets anders dan angst voor het leven. En angst doet sterven, vroeg of laat.

Dat schoot door me heen, terwijl ik keek in de parelgrijze ogen van J.C. Bilbrig – redder in nood.)

Dit was het plan: in afwachting van de uitkomst van het onderzoek naar Raya's verdwijning zou ik met Jelle de dichtersserie voltooien, te beginnen met Anna Achmatova. De daadwerkelijke rouw zou pas een aanvang kunnen nemen wanneer er zekerheid was omtrent haar lot, en dat liet nog op zich wachten. Niettemin moest er een begin gemaakt worden met het doorleven van het verleden om afscheid te nemen (Bilbrig). De condities waaronder dit zou gebeuren, waren met alle waarborgen omkleed (Siebold). *Global Village* financierde de reis voor ons beiden naar Sint-Petersburg (Jelle).

Met stomheid geslagen hoorde ik het trio aan: Kwik, Kwek en Kwak hadden hun act goed ingestudeerd. Jelle legde de tickets op tafel; Bilbrig trok zijn agenda om data te prikken voor begeleidende gesprekken; Siebold toonde de receptuur voor een complete reisapotheek, mocht er onderweg iets gebeuren.

Ik voelde hoe het water tot mijn lippen steeg en me dreigde te verzwelgen.

Het inzicht holt meestal achter de keuze aan, maar heel soms vallen ze samen. Op die ochtend aan mijn keukentafel – die mijn keukentafel niet was – handelde ik zonder te denken, dacht ik zonder te voelen. Ik voelde helemaal niets meer: ik liet het reddingsvlot los en dook naar de bodem.

(Het water sloot zich om mij heen. Aan het oppervlak verscheen een kleine cirkel, daarna meer en meer, totdat boven mijn hoofd een constellatie van kringen zweefde. Kleine vuurvliegjes dansten voor mijn ogen, vlekken van licht: grijs en blauw. Ik keek omhoog en zag een witte hemel, waarin het zwarte wak als een reusachtige wolk in negatief gespiegeld werd.

Eén fractie van een seconde had ik de waarheid in handen, ijl als het licht op het strand van Sylt: dat het nooit haar bedoeling kan zijn geweest, dat ik mijn leven uit handen zou geven. Ik moest haar gedichten lezen; ik moest haar opnieuw leren lezen. Ik hoefde niet naar Petersburg. Ik was zelf het wak in de Neva.)

Ik heb mijn koffie opgedronken en de heren toegeknikt. Ik nam de bundel gedichten van tafel en sloot de keukendeur achter me.

•

Een jaar was verstreken, twaalf maanden waarin het leven me alle hoeken van de kamer had laten zien. Ik had mijn klappen gehad, ik kende het gat in mijn dekking.

Ik verliet de keuken, liep naar de overloop en trok aan het touwtje van de zolder om de vlizo-trap neer te laten. Vijftien houten treden besteeg ik voordat mijn hoofd boven de vliering stak. De zolder was opgeruimd, de geur van bakolie en shag vervlogen. Stof danste in het licht. In de hoek in de schemer lag haar oude reiskoffer. Ik knielde neer en gespte de twee riemen los, waarmee bodem en deksel bijeen werden gehouden. Het slot ging open met een klik. De inhoud van de koffer was toegedekt met een linnen doek. Voorzichtig nam ik de doek weg en legde hem neer op de planken vloer.

Boven in de koffer lag een foto van Lizzy, een huis-, tuin- en keukenkiekje van een stralend kind met een verwarde bos zwarte haren en groene ogen. Ze droeg een witte jurk en was op blote voeten. Ik zag de blauwe plekken op haar knieën, de groezel op haar gezicht. Ook de foto legde ik opzij.

Daar lag het leven van Raya: het fotoalbum, brieven, annotaties die ik bij het oud papier had gegooid en die zij, kennelijk, had teruggevonden. Schriftjes met aantekeningen, korte verhalen.

Eén voor één nam ik de papieren in handen, keek ernaar, en legde ze ter zijde. Dat alles was voor later. Als een geoloog groef ik de berg af, laag voor laag, geduldig, behoedzaam, in de overtuiging dat in de diepte een goudader blonk.

Zij was er: het was een pak papier, bijeengehouden door een henneptouw.

Met zorg legde ik de inhoud van de koffer terug en sloot de riemen. Ik nam de dichtbundel van Raya, de foto van Lizzy en het pak papier en legde me neer in het licht van het kleine dakraam, mijn hoofd op de linnen doek.

Ik huilde tot het doorweekt was van mijn tranen.

Daarna maakte ik de strik in het touw los en begon te lezen.

26

Lieve Gideon,

Als er in mijn leven een moment is geweest waarop ik gelukkig was, dan was het op het moment dat ik er oprecht in geloofde: het moment waarop de tijd zich samenbalde en verleden en toekomst aan elkaar raakten; waarop ik inzicht kreeg in de betekenis van dit bestaan; waarop mijn eigen leven even nietig was als onmisbaar.

(Zoals ze daar lag op mijn buik, een vuurvlinder in haar cocon; ter wereld gekomen in een schreeuw die uit onze beide kelen tegelijk had opgeklonken, huilend om het leven waarom ze niet had gevraagd en dat ik haar niettemin had geschonken. Er was geen weg terug, we wisten het allebei. Ik schortte mijn ongeloof op en besloot van haar te gaan houden.)

Hoeveel geluk kan een mens verdragen?

Geluk is niets anders dan de oprechte overtuiging dat het je toevalt. Dat overkomt je misschien maar één keer in je leven, en dat is ook maar het beste.

Ik heb van haar gehouden, Gideon, meer dan van wat ook. Maar van de liefde alleen kan een mens niet leven.

Ook mijn moeder heeft van mij gehouden, maar ze heeft van onvermogen een levenskunst gemaakt. Het leven uit handen geven – ik vrees dat moeders er meester in zijn. Ze doen het met goede bedoelingen: om hun kind heelhuids de wereld in te loodsen, maar onder het patina van die rijke bestemming heerst het verval. Mijn moeder wist het, en heeft het mij altijd verweten. Ik heb lang gemeend dat ik haar dát mocht verwijten – maar nu weet ik beter. Aan wie anders had ze haar eigen teloorgang kunnen toeschrijven dan aan mij?

Je kunt niet bezig blijven je eigen verleden uit te vinden. Hoe vaak moet je het verhaal herschrijven om te kunnen zeggen: nu is het af? Het is nooit af, nooit klaar, nooit goed genoeg. Dus moet je de beslissing nemen dat de streep eronder kan. Zo is het. Zo was het. Dit is mijn verhaal. Dat heeft met de waarheid niets te maken: je maakt van je verleden een draaglijke leugen. Pas wanneer een gebeurtenis een herinnering wordt, is ze onschadelijk gemaakt. Het is niet meer iets wat je overkwam; je hebt het je toegeëigend. Het wordt een verhaal dat je door kunt geven. Waarop een ander verder bouwt.

Het moederschap is de grootst denkbare leugen van het leven. Het is een illusie die moet voortbestaan ten koste van alles, omdat ons eigen voortbestaan erin besloten ligt: dat van de mensheid. Het is waar leugen en waarheid zo dicht aan elkaar raken, dat ertussen geen ruimte meer is.

Waarom wordt een kind in pijn geboren? Om de moeder te ontzien. De pijn van het baren verdooft die andere, fundamentelere pijn van het verlies van jezelf. Na de geboorte van Lizzy heb ik het uitgeschreeuwd: waarom heeft niemand me verteld dat het zo verschrikkelijk is om een kind te baren? Maar het is niet waar, het is me wel verteld. Ik was voorbereid. En toch werd ik overweldigd, het kan niet anders: de barenspijn is groter dan voorstelbaar.

Daarom ook vergeten we het weer. We vergeten dat we door de poorten van de hel gaan om ons kind het licht te geven. We verliezen de herinnering, omdat we onderweg onszelf verloren hebben. In ieder kraambed gaat een leven op het offerblok.

We weten het, en toch geven we het door: het leven. De dierbare leugen van het moederschap.

Ik ken geen belangrijke kunstenaressen met kinderen, zei een beroemd schrijfster (die zelf nog bij haar moeder woont, al is ze ver in de veertig – de paradox kent zijn gelijke niet). Natuurlijk kent ze die niet, er bestaan geen belangrijke kunstenaressen met kinderen. Hoe zouden ze kunnen bestaan?

De essentie van het scheppen is dat de gehele creatie voortspruit uit je eigen brein, dat je heer en meester bent over ontstaan, wordingsproces en eindresultaat. Dat je op een dag kunt zeggen: zo moet het zijn, nu is het af. Dat kun je doen met marmer en klei; met je eigen geschiedenis, met je leven desnoods. Maar niet met het leven van een ander.

Laat staan met het leven van je kind.

Die beperking is ingebouwd in de schepping van een kind. Het is vluchtig als water: even denk je dat het er is, en zo is het weer weg. Voor een kunstenares is dat onverdraaglijk, dat zij nooit de enige schepper zal zijn, dat zij nooit het eindresultaat van haar schepping zal aanschouwen. Ze kan wel zeggen: zo moet je zijn, nu ben je af – maar het kind gaat zijn weg en leidt zijn eigen leven. Het laat zich niet op een sokkel schroeven.

(Maar hoe maak je dan de ontroering productief die over je komt wanneer je het gezicht aanschouwt van je slapende dochter? Het cliché loert, klaar om het moederhart te bespringen en de woorden aan je pen te ontrukken. De scherpte loopt tussen je vingers weg. Ik durf de concentratie niet op te roepen uit angst voor het moment dat ze weer onderbroken wordt: het kind en de schrijver verkeren voortdurend op voet van oorlog – en die oorlog is op leven en dood.)

Er bestaan geen belangrijke kunstenaressen met kinderen, het zijn grootheden die zich niet tot elkaar verhouden. Het moederschap doodt de verbeelding. De verbeelding doodt het kind.

De dag dat Lizzy geboren werd heb ik een besluit genomen: ik wilde alles geven om het geheim te ontsluieren. Ik wilde heel precies weten hoe het was om moeder te zijn, wát het was om moeder te zijn. Dat had nog niemand me kunnen vertellen, ook mijn eigen moeder niet. Lizzy zou het me gaan vertellen. Ik zou, samen met haar, van het *moederschap* een kunstwerk maken, een creatie die onder mijn handen zou groeien.

Zij was niet het object, ze was het materiaal van mijn schepping. Ze was de klei in mijn handen, waarmee ik vorm zou geven aan dat onbekende, onzegbare dat een vrouw transformeert tot moeder.

Maar wat gebeurde: ik ging van haar houden, meer dan van wat ook in mijn leven. Ik ging van haar houden in de nachten dat ik haar voedde, in de nachten dat ik de koorts opnam; in de nachten dat ik de krokodil uit de gordijnen joeg; dat ik haar angsten wegnam – haar hielp zich te verzoenen met het leven.

Onder mijn handen groeide de liefde, het was een liefde die me niet meer liet gaan. Het moederschap bleek een wrede achtervolging – en ik had haar lief.

Tegenover dat ene heroïsche moment van het baren staan ontelbare zinloze handelingen, noodzakelijk om haar leven in stand te houden, noodzakelijk om zelf niet ten onder te gaan. Maar in overleven kan de zin van het bestaan niet gelegen zijn. Niet, althans, onder normale omstandigheden.

Vanaf haar geboorte was mijn bestaan uit handen gegeven, ik reeg de kralen van de tijd aaneen maar kreeg er geen ketting voor terug. Wat is dat toch, dat een vrouw haar dagen, haar tijd, haar hele leven moedwillig laat vermorzelen? De chronische vermoeidheid van de moeder is niet het gevolg van slaapgebrek: het is een gevolg van het gebrek aan soevereiniteit.

Je heerst niet meer over je eigen leven – en iedereen vindt dat normaal.

Geen moment van de dag was ik *niet* oproepbaar; geen moment van de dag was zij niet in mijn handen, in mijn hart, in mijn hoofd. Ik dacht: eens gaat dit voorbij, eens zal ze groot zijn en zal ik de scherven van wie ik was bijeenvegen. Maar dat moment kwam niet, Gideon, en het drong tot me door dat het moment ook nooit zou komen.

Een moeder is nooit meer soeverein, nooit meer autonoom.

Wat ervoor in de plaats komt is een overgave, een offerbereidheid die alle menselijkheid overstijgt. Misschien is dat wel het kunstwerk dat moederschap heet: de sublimatie van de idee van de liefde.

De inzichten vielen samen op het moment dat ik op de Schöne Erna voer – of eigenlijk kort daarvoor. In de voorgaande jaren had ik alles opgeschreven van mijn leven met Lizzy: kleine observaties, grote gedachten, de woordjes die ze leerde, de voorvallen die ons hadden doen huilen en lachen. Vier jaren van mijn leven minutieus geregistreerd en gedocumenteerd, als het logboek van Columbus – maar het schrijven van een logboek doet je nog niet de reis beleven; het noteren van coördinaten maakt niet dat je op je bestemming bent.

Ik ging op reis in de hoop mezelf te hervinden, niet als moeder, maar als mens. Ik moest weten wat ervan over was. Ik reisde de verbeelding achterna.

En toen riep ze me terug. Het bericht kwam dat ze door het ijs was gegaan, dat ze in levensgevaar verkeerde. Ze had me teruggeroepen! – niet als mens, maar als moeder. In het ziekenhuis aanschouwde ik mijn dochter, op sterven na dood, en wist: tegenover zo veel geweld sta ik machteloos met mijn talenten. Er is geen verweer tegen de liefde voor een kind.

Hoe kan ik je vertellen hoe het verder is gegaan?
Ik ben teruggekomen en heb Lizzy alle verhalen verteld die

ik nog met haar wilde delen. Ik heb de schriftjes verbrand in de tuin, en daarna de as begraven. Op de vroege ochtend van haar vijfde verjaardag ben ik haar kamer ingegaan. Het was donker buiten, en warm. Ik ben naast haar op het bed gaan liggen en heb naar haar gekeken: dit wezen, dit geschenk dat mij van binnenuit had uitgehold om zelf groot te mogen worden. Ik had haar zo oneindig lief. Ik heb haar in mijn armen genomen en gekoesterd, in een halfslaap opende ze haar groene ogen, ik zei: ik hou van je Lizzy. Daarna vielen we in slaap. Bij de eerste zonnestralen werd ik wakker. Ik moet hebben gehuild, het kussensloop was doorweekt. Ik heb het hoofdkussen eruit genomen en ben op mijn dochter gaan liggen. Ik gaf haar een lange kus, daarna drukte ik het kussen over haar slapende gezicht. Even was er verzet, met mijn volle gewicht drukte ik mijn lichaam op het kleine lichaam dat uit mij geboren was – toen was het stil.
Ze zou voor altijd bij me zijn.

In de maanden die volgden, samen op afstand van ons leven, vond ik de woorden om te beschrijven wat het is om een moeder te zijn. Nog doorgrond ik het niet, maar ik weet wel dat alleen in de verbeelding leugen en waarheid tot één verhaal kunnen versmelten.
Dit is mijn verhaal, het boek dat ik moest schrijven – als moeder was me dat nooit gelukt.
Hoe het verder gaat weet ik niet. De dood van een kind kun je misschien verwerken, de liefde voor een kind kom je nooit meer te boven.
Pas als mijn woorden zijn opgebruikt, kan ik bij de leegte komen.

Zoals een leugen een wig drijft tussen geliefden, zo zal ook de waarheid dat doen. Dit is mijn waarheid, Gideon, en zij liet zich niet met je delen. Had ik haar met je gedeeld, dan zou je me verlaten. Had ik je voorgelogen, dan zou de verwijdering ook gekomen zijn. Nu doe ik tenminste mijn belofte gestand: om samen een herinnering te worden. Om één verhaal te zijn.

Ik deel met jou de enige waarheid die ik heb, in de hoop voor altijd te mogen heten: vrouw van Gideon. Moeder van Lizzy.

Raya Mira Salomon

Epiloog

•

Dit was het verhaal van Raya Mira Salomon: moeder van Lizzy, verhalenvertelster, leugenaarster. Mijn geliefde voor zeven jaar. Ze liet me een koffer na met papieren, de neerslag van haar leven. Het beeld dat eruit oprees bleek even ongrijpbaar als zij al die jaren was geweest. Ze reikte de hand naar mijn verlangen naar houvast, waarvan ik wist dat het nooit ingelost kon worden: ik zou nooit weten wie zij was, hooguit wat ze was geweest.

Na haar verdwijning wilde ik het liefst zo snel mogelijk vergeten, maar het boek dat ze me naliet stond mij dat niet toe: met haar deze waarheid te delen, vereiste mijn onvoorwaardelijke overgave. Ik nam de handschoen op.

Het rechtsvermoeden van overlijden, waartoe ik bij de officier van justitie een verzoek indiende, werd twee jaar later gehonoreerd. Het was de enige mogelijkheid om haar in mijn leven te houden, om te behouden wat wij gedrieën waren geweest.

Nog weet ik niet, van alles wat hiervoor is geschreven, of het zo wel is gegaan. Het doet er niet meer toe. Het is de waarheid, het is een waarheid: het is een verhaal.

Ik zal er verder het zwijgen toe doen en geef het woord aan haar: mijn vrouw, Raya Mira Salomon.

Verantwoording

•

Het gedicht van Rutger Kopland, 'Als met water zelf, met de gedachte / spelen', is het eerste van vijf in de cyclus 'Water', opgenomen in de bundel *Dankzij de dingen* (Van Oorschot, Amsterdam, 1989).

Salvatore Quasimodo schreef het gedicht 'Terugkeer', waarvan hier fragmenten zijn opgenomen in de vertaling van Catharina Ypes (Heideland-Orbis, Hasselt, 1971).

Het gedichtje van Federico García Lorca, 'Door de straat zonder mensen / loopt een zwart paard', maakt deel uit van de cyclus 'Zomeruren' uit de bundel *Suites*. De vertaling is van Bart Vonck (Meulenhoff, Amsterdam, 1998). 'De avond heeft spijt want hij droomt van de middag' komt uit het gedicht 'Drie schemeringen', eveneens uit *Suites*.

'De avond valt, en waar zo kort geleden' is het derde gedicht in de cyclus 'Epische motieven' van Anna Achmatova, overgenomen uit de bundel *In andermans handen*. De vertaling is van Hans Boland (Meulenhoff, Amsterdam, 1981).

'Het eiland' van Rainer Maria Rilke is afkomstig uit de bundel *Nieuwe gedichten*. De vertaling is van Peter Verstegen (Van Oorschot, Amsterdam, 1997).

Het verhaal van de blinde fotograaf is gebaseerd op het artikel 'Een mens ziet wat hij weet' van Reinjan Mulder, naar aanleiding van een tentoonstelling van de blinde fotograaf Evgen Bavcar (NRC *Handelsblad*, 13 november 1992).

De passage over de herinnering waarmee hoofdstuk 6 opent

is geïnspireerd op de inleiding van Wim Kayzer bij het boek *Vertrouwd en o zo vreemd – over geheugen en bewustzijn* (Contact, Amsterdam, 1995).

De uitspraak 'Ik ken geen belangrijke kunstenaressen met kinderen' werd gedaan door de Oostenrijkse schrijfster Elfriede Jelinek in een vraaggesprek met Anneriek de Jong (NRC *Handelsblad*, 25 september 1998).